17

세븐틴

펴낸날 2008년 7월 17일 초판 1쇄
      2008년 8월 11일 초판 2쇄

지은이 황경신
펴낸이 이태권
펴낸곳 소담출판사
      서울시 성북구 성북동 178-2 (우)136-020
전 화 745-8566~7 팩 스 747-3238
e-mail sodam@dreamsodam.co.kr
등록번호 제2-42호(1979년 11월 14일)
홈페이지 www.dreamsodam.co.kr

ISBN 978-89-7381-944-7 03810

- 책값은 뒤표지에 있습니다.
- 잘못된 책은 구입하신 곳에서 교환해드립니다.

소담출판사

차례

seventeen ★ lesson 1
아주 클래식한 데이트 8

seventeen ★ lesson 2
부주의한 친절 26

seventeen ★ lesson 3
베를린의 트럭 운전사 40

seventeen ★ lesson 4
물의 아이 54

seventeen ★ lesson 5
지상에서 가장 슬픈 음악 70

seventeen ★ lesson 6
사랑받지 않기 위한 눈물겨운 노력 86

seventeen ★ lesson 7
두 대의 바이올린을 위한 협주곡 104

seventeen ★ lesson 8
사랑이란 이름을 가진 달의 뒷면 120

seventeen ★ lesson 9
프로방스의 긴긴 해 136

seventeen ★ lesson 10
종소리 150

seventeen ★ lesson 11
우리는 별이 아니어서 158

seventeen ★ lesson 12
그대를 위해, 건배 172

seventeen ★ lesson 13
안녕, 시에나 186

seventeen ★ lesson 14
제이의 후회 198

seventeen ★ lesson 15
비오의 바이올린 210

seventeen ★ lesson 16
금지된 질문의 노래 222

seventeen ★ lesson 17
아주 클래식한 연인 234

에필로그 253

나의 투쟁은, 그리움에 몸을 바치며, 나날을 헤어나는 것.

라이너 마리아 릴케

피에르 푸르니에(1906~1986), 프란츠 슈베르트(1797~1828), 루트비히 판 베토벤(1770~1827), 아스토르 피아졸라(1921~1992), 로베르트 슈만(1810~1856), 요한 제바스티안 바흐(1685~1750), 요한 볼프강 괴테(1749~1832), 엘리엇 스미스(1969~2003), 윌리엄 셰익스피어(1564~1616), 프리츠 분덜리히(1930~1966), 빌헬름 뮐러(1794~1827), 구스타프 말러(1860~1911), 에바 캐시디(1963~1996), 야샤 하이페츠(1901~1987), 토마소 안토니오 비탈리(1665~1745), 글렌 굴드(1932~1982), 마리아 칼라스(1923~1977), 라이너 마리아 릴케(1875~1926), 니콜로 파가니니(1782~1840), 표트르 일리치 차이코프스키(1840~1893), 로버트 프로스트(1874~1963), 빌헬름 바그너(1813~1883), 푸블리우스 나소 오비디우스(B.C.43~A.D.17), 펠릭스 멘델스존(1809~1847), 지네트 느뵈(1919~1949), 프레데리크 쇼팽(1810~1849), 그리고 니나를 위해.

seventeen ★ lesson 1
아주 클래식한 데이트

"클래식한 데이트?"

니나는 소파에서 몸을 일으키며 눈을 동그랗게 뜨고 묻는다.

"그래, 아주 클래식한 데이트."

시에나는 빙긋 웃으며 창으로 다가가 뭔가를 찾는 듯한 눈으로 밖을 바라본다. 그러나 그녀는 자신이 찾고 있는 게 무엇인지 모르겠다는 듯 고개를 갸우뚱하고 머리를 흔든다.

"그게 어떤 건데요?"

오후 세 시 반. 라디오에서는 피에르 푸르니에의 첼로 연주곡이 흘러나오고 있다. 그 선율에 맞춰, 활짝 열린 창밖으로부터 살랑살랑 봄이 흘러 들어온다.

"응, 그게, 그러니까."

시에나는 몸을 돌려 니나에게 시선을 맞춘다. 창을 넘어오던 봄이 잠시 그녀의 주위에 머무르며 서성인다.

"아직 해본 적 없니? 열일곱은 데이트하기 이른 나인가?"

니나는 잠시 생각하다가 "친구랑 영화 보고 밥 먹는 거?" 하고 묻는다.

"그래."

시에나는 정말 기쁘다는 듯 웃는다.

"바로 그거야. 만나서 영화 보고 밥 먹고."

"에이. 시시하다."

니나는 실망한다. 그런 게 클래식한 데이트라는 걸까? 시에나는 왜 그런 걸 해보고 싶은 걸까?

"안 시시해. 예를 들면 카페에서 기다리는 거. 기다리는 동안 보려고 가벼운 책 한 권을 갖고 가지만, 내용은 머리에 안 들어오고 자꾸만 문 쪽으로 눈이 가는 거. 누가 들어올 때마다 깜짝 놀라고 실망하는 거. 그 사람이 도착할 때쯤 심장이 먼저 알고 울리기 시작하는 거. 만나면 환하게 웃어주는 거. 별거 아닌 이야기에 귀 기울이는 거. 같이 볼 영화 미리 예매해놓는 거. 그리고 어두운 영화관에서 두근거리며 살짝 손잡는 거. 그런 거, 시시하니?"

"해본 적 없어요? 그런 거?"

"그래."

시에나는 짧은 한숨을 쉰다.

"감기에 걸리는 거랑 비슷해."

"감기요?"

"감기 기운이 있나, 하는 순간 금방 걸려버리잖아. 뭘 어떻게 할 사이도 없이. 정신을 차려 보면 늘 앓고 있어."

"하지만."

니나는 무슨 말을 하려다가 입을 다문다. '여태까지 그런 데이트를 해본 적이 없다고?' 하고 혼자만 생각하기로 한 것이다.

"이상하니? 여태까지 그런 데이트를 한 번도 못 해봤다는 게."

니나의 생각을 읽은 듯, 시에나가 말한다.

"이상해요."

"나도 이상해."

그러고 그녀는 입을 다물어버린다. '지금이라도 누군가가, 시에나에게 그런 데이트를 신청하면 좋을 텐데. 뭐 좀 시시할 것 같기는 하지만. 난 그런 것보다 좀더 드라마틱한 게 좋은걸.' 니나는 자신의 생각을 입 밖으로 낼까 하다가, 이미 창밖으로 시선을 돌리고 다른 세계로 가버린 시에나를 보며 다시 소파에 몸을 기댄다.

니나는 시에나의 본명을 모른다. 처음 만난 자리에서, 시에나는 "그냥 시에나라고 불러줘."라고 말했다.

"시에나 선생님?"

"아니, 그런 호칭은 됐어. 그냥 시에나."

니나는 고개를 갸웃거리면서, 아직 열일곱인 자신이 다 큰 어른의 이름을 불러도 괜찮은 건지 잠시 고민했다.

"호칭 같은 것으로 규정되는 관계, 싫지 않니?"

시에나의 말에 니나는 그런가, 그럴지도, 라고만 생각했다. '별로 그런 생각 해본 적은 없지만, 이 사람은 호칭으로 규정되는 관계가 싫은가 보다, 딱히 어려운 일도 아니니까 그렇게 부르지 뭐.'라는 게 니나의 결론이었다.

니나는 일주일에 한 번, 그러니까 매주 토요일 오후, 피아노 레슨을 받기 위해 시에나의 집으로 찾아온다. 그녀의 집은 자그마한 정원이 딸려 있는 단층으로, 정원에는 몇 그루의 나지막한 나무들이 꽃들과 함께 자라고 있는데, 니나가 이름을 알고 있는 유일한 나무는 포도나무이다. 니나는 아직 그 포도나무에 포도가 열리는 걸 본 적이 없다. 니나가 시에나를 만난 건 작년 가을이었고, 지금은 봄이니까.

그 전까지 니나는 다른 선생님에게 피아노를 배우고 있었다. 그런데 그 선생님에게 사정이 생겨서 시에나를 소개받게 된 것이다.

"좀 이상한 사람이지만, 너랑은 잘 맞을 거야."

시에나를 소개해준 선생님은 그렇게 말했다. 니나는 피아노에 그다지 흥미를 느끼지 못하고 있었기 때문에, 이 기회에 레슨을 그만둬버릴까, 하는 생각도 했다. 어차피 전공할 것도 아니니까, 일주일에 한 번씩 학원을 빠져가면서 피아노 앞에 앉아 있을 이유가 없을 것 같았다.

"한 번만 가봐. 그 다음 일은 그 다음에 결정해. 게다가 미리 약속을 해두었거든."

선생님은 그렇게 말했고, 어쩔 수 없이 니나는 딱 한 번만이야, 하고 시에나를 찾아갔다. 바람이 꽤 차가워져서 조금 더 두터운 겉옷을 입어야 하나, 어쩌나, 고민했던 늦가을이었다. 그리고 니나는 이듬해에 열일곱 살이 되었다.

"그런데 말이야, 역시 시시할지도 몰라."

니나는 아까부터 자꾸 같은 부분을 틀리고 있다. 몇 번씩 반복해서 틀리는데도 시에나는 묵묵히 니나의 옆자리에 앉아서 멍하니 다른 생각에 잠겨 있다가, 마침내 니나가 포기하고 두 손을 내려놓자 기다렸다는 듯이 입을 연다.

"뭐가요? 아, 클래식한 데이트?"

니나는 시에나가 계속 그 생각을 하고 있었나, 하고 그녀의 옆모습을 본다. 입매는 웃고 있지만 눈 속에는 들킬 듯 말 듯한 그림자가 어른거린다.

"누가 들어올 때마다 깜짝 놀라고 실망하는 거. 영화관에서 두근거리며 살짝 손잡는 거. 그런 건 역시 좋아하는 사람이어야 하잖아?"

"데이트라면, 원래 좋아하는 사람하고 하는 거 아니에요?"

"그래. 하지만 너무너무 좋아하는 사람하고라면, 금세 클래식한 데이트가 아니게 되어버리지."

무슨 말인가, 니나는 모르겠다는 표정으로 시에나를 본다.

"생각해보니까, 그런 거 몇 번인가 해본 적이 있는 것 같아."

모르겠니? 그건 말이지, 하고 여느 때처럼 말하는 대신, 시에나는 또 다른 이야기를 한다.

"그래요? 어땠어요?"

"그땐 그게 데이트인 줄도 몰랐어. 자, 이제부터 우리는 데이트를 할 거야, 하고 상대가 이야기해주는 것도 아니고. 그런 얘길 들었다면 난 도망가버렸을 거야. 데이트는 좋아하는 사람하고 해야 하는 거니까."

'그러니까 자신이 좋아하지 않는 사람하고 아주 클래식한 데이트를 해본 적이 있었다는 걸, 뒤늦게야 알게 되었다는 건가.', 니나는 생각한다.

"만나서 밥 먹고, 미리 예매해둔 티켓으로 영화를 보고, 집 앞까지 바래다주고, 그랬는데."

"그럼 상대는 그게 데이트라고 생각한 거예요?"

"그래. 그랬겠지."

"좋아한다는 고백은 들었어요?"

"글쎄. 들었을지도 모르지만, 나와 상관없는 일이라고 생각하고 흘려버렸을지도 몰라."

"그런 얘길 어떻게 흘려버릴 수가 있어요?"

"좋아한다고 직접적으로 얘기해주었으면 좋았을 텐데, 그런 건 어쩐지 쑥스럽기도 하고 번거롭기도 하니까, 사람들은 대체로 여러 가지 신호를 보내게 되거든. 상대에게 그런 마음이 없다면 신호는 목적지에 닿지 못하고 중간에서 사라져버리는 거지."

시에나는 니나가 이런 이야기를 이해할 수 있을까, 생각하지 않는다. 가끔은 그녀 자신조차 이해할 수 없는 이야기를 하고 있다는 걸, 그녀는 안다. 니나 역시 그녀의 이야기를 이해하려고 노력하지 않는다. 그건 이해의 차원이 아니라 본능의 차원이다. 본능적으로 니나가 시에나의 신호를 감지할 수 있다는 것을, 두 사람 모두 본능적으로 알고 있다.

"그런데 너, E플랫 단조로 넘어갈 때 말이야, 손가락을 바꿔봐. 이렇게."

시에나는 니나가 계속해서 틀리던 부분을 직접 연주해 보인다. 피아노는 그녀의 손가락 아래에서 투명하고 단단하고 부드러운 소리를 낸다.

"하지만 악보에는 4번 손가락을 사용하라고 되어 있는데요."

"가끔 규칙에서 벗어나는 게 도움이 될 때도 있거든."

니나는 시에나의 시범을 따라 그 부분을 다시 쳐본다.

"좋아, 그럼 이제 처음부터 해보자."

처음 시에나의 집에 들어섰을 때, 희미한 향기가 났다. 포도 향기 같기도 하고 레몬 향기 같기도 한, 어쩌면 사과꽃 향기 같기도 한. 니나는 사과꽃 향기를 가까운 곳에서 맡아본 적이 없었지만, 만약 꽃이 한창 피어난 사과나무 아래에 서 있다면 그런 향기가 날 것 같았다.

그녀의 자그마한 단층집은 목욕탕만 빼고 모두 트여 있다. 낮은 책장 몇 개로 분리된 공간 뒤에 침대가 놓여 있을 뿐 나머지는 전부 하나의 공간으로 이루어진 것이다. 거실과 부엌, 책상과 피아노, 오디오와 낮은 소파와 옷장, 그것이 전부이다. 침대에서도 몸을 일으키면 집 전체가 한눈에 들어오는 탁 트인 공간이다. 정원에서 나긋나긋 흘러 들어오는 햇살은 하루 종일 집안을 감싸고 있고, 아주 추운 날과 밤을 제외하고 정원을 향한 유리문은 늘 활짝 열려 있다.

"아고라포비아."

시에나는 그렇게 설명했다.

"광장공포증 혹은 폐쇄공포증이야. 이사 오기 전에 집 안에 있는 벽을 다 허물어버렸어."

"증상이 어떤데요?"

"평소에는 아무렇지도 않다가, 어느 순간 패닉 상태가 되어버려. 숨 쉬기가 힘들어져서 아주 괴롭거든."

"예를 들면?"

"늘 그런 건 아니지만 엘리베이터라거나 지하실 안에서 그런 걸 느낄 때도 있어. 목에 꼭 맞는 목걸이라거나 손목에 딱 들어맞는 시계 같은 게 힘들어질 때도 있지."

그러고 보면 시에나는 목걸이나 팔찌, 시계나 반지를 몸에 걸친 적이 없었다.

"그런 건 왜 생기는 건데요?"

"글쎄, 특별한 계기는 없었는데."

시에나는 잠시 생각하다가 덧붙였다.

"전생에 아이다였나?"

"아이다?"

"어둡고 캄캄한 무덤 속에 생매장된 채로, 죽어버리잖아. 사랑하는 사람이 함께 있지만, 그건 그것대로 고통이 아니었을까? 그렇게 죽었으니, 또 다시 그런 상태가 되면 패닉에 빠지는 게 당연하지 않아?"

니나는 그런 상태를 상상해보지만, 쉽게 공감이 가진 않았다.

"자, 그래서, 니나는 피아노를 어떻게 생각해?"

시에나는 그렇게 물었다. '어떻게 생각하다니, 피아노를 좋아해?, 도 아니고 피아노 치는 게 즐거워?, 도 아니고.' 니나는 처음 받아보는 질문에 대해 뭐라고 대답해야 할지 알 수가 없었다.

"그냥 생각나는 대로 얘기해봐. 이를테면 이미지 같은 거?"

"으음."

그날, 니나는 끝내 그 질문에 대답하지 못했다.

'하지만 시에나가 피아노를 칠 때, 사과꽃 향기가 나는 것 같아. 나의 피아노에서는 어떤 향기가 나는 걸까?'

연주를 마치고 잠깐 쉬는 동안, 시에나는 차를 끓인다. 니나는 다른 때와 마찬가지로, 활짝 열린 유리문 앞에 서서 정원의 포도나무를 바라본다. 언젠가 시에나는, 고대 사람들이 포도나무를 '기쁨, 유쾌함, 분노의 나무'라고 불렀다는 이야기를 해주었다. 커다란 방주를 만들었던 노아가 포도밭을 일구었을 때, 악마가 포도밭에 양, 사자, 돼지의 피를 거름으로 주었기 때문에, 이후 사람들이 포도로 만든 와인을 마실 때마다 양, 사자, 돼지의 성질을 드러내는 거라고 믿었던 사람들도 있다고 했다.

니나가 피아노를 칠 때면, 종종 작은 새들이 나뭇가지에 앉아 종알종알 노래를 부르는데, 연주를 마치고 나면 늘 어디론가 날아가버린다.

"새들은 원래 피아노 소리를 좋아하나 봐."

시에나는 뜨거운 허브티 두 잔을 테이블 위에 놓는다.

"그런데요,"

니나는 몸을 돌리고, 내내 하던 생각을 입 밖으로 꺼낸다.

"그럼 시에나가 정말 원하는 건 어떤 거예요?"

"정말 원하는 거?"

"네. 두근거리고 기다리고 그런 거예요? 아니면."

"아니면, 데이트를 하면서도 그게 데이트인 줄 모르는 그런 거?"

시에나는 가만히 웃는다.

"어느 쪽이어야 하는 걸까. 잘 모르겠어."

후후, 입김을 불어 허브티를 식히면서 니나는 소파에 몸을 기댄다.

"하지만 의지가 되는 게 아닌 것 같아. 어느 쪽이든."

흐음, 시에나의 말에, 니나는 어른스러운 표정을 지어 보인다.

"그냥 너무 많이도 말고 너무 적지도 않게, 그 정도로만 누군가를 좋아할 수 있으면 좋겠는데."

"만약 그 둘 중의 하나를 택하라고 하면요?"

시에나는 대답 대신 희미하게 웃으며 피아노 앞에 앉는다. 니나가 잠깐 연습을 쉬는 사이, 시에나는 니나를 위해 연주를 한다. 첫 번째 레슨 때부터 지금까지 줄곧 그렇게 해왔다. 니나가 가장 좋아하는 시간이기도 하다. '사과꽃 향기가 그리워지면 사과나무 아래에 가보고 싶어지는 거니까.', 니나는 이제 소파에 완전히 몸을 맡기고 눈을 감는다. 슈베르트이다.

11월 19일이라는 날짜를 니나는 기억하고 있다. 시에나와의 첫 레슨이 있었던 날이었고 그녀가 처음으로 슈베르트를 연주해준 날이었고 또 슈베르트가 세상을 떠난 날이다.

"세상에 태어나 삼십일 년을 살고 죽었어, 슈베르트는."

연주를 끝낸 시에나가 그렇게 말했다. '그래서?', 하고 니나는 생각했다.

"그래서? 라는 표정인데? 서른한 살의 죽음이라는 게 슬프다거나, 안타깝다거나, 아직 그런 생각 안 들지?"

시에나의 미소 속에는 어쩔 수 없는 이해와 어쩔 수 없는 포기, 그리고 어쩔 수 없는 안도가 담겨 있는 것처럼 보였다.

"선생님은,"

"시에나는,"

니나의 호칭을 재빨리 정정하고 시에나는 가만히 다음 이야기를 기다렸다.

"음, 그러니까, 시에나는…… 그러니까, 슈베르트보다……."

"그 나이를 넘어버렸어. 하지만 슬프고 안타까운 건 그것 때문이 아니야."

니나는 잠깐 생각해보았지만 적당한 이유를 찾아낼 수 없었다.

"있지, 나는 지금까지 줄곧 불행했으니까 아직 죽을 수 없어, 행복해진 다음에 죽고 싶어, 그런 생각을 했을지도 몰라."

"슈베르트가요?"

"그래. 하지만 그럴 수가 없었지."

'선생님은, 아니 시에나는, 아직 행복해진 적이 없었던 거예요?', 니나는 그렇게 묻고 싶은 마음을 삼켰다.

"슈베르트가 일생 가장 존경하고 흠모했던 사람이 누군지 알아?"

"베토벤이라고 했어요. 지난번 피아노 선생님께서."

"그래. 어떤 사람들은 그를 '베토벤의 에피고넨'이라고 불렀지."

"에피고넨?"

"베토벤의 여성적 분신이라는 뜻이야. 그게 나쁜 건 아니지만, 슈베르트는 그 이상이었어."

그날 저녁, 니나는 집으로 돌아와 엄마의 서재를 뒤졌다. 슈베르트에 관한 책이 한 권 그곳에 꽂혀 있는 것을 본 기억이 있었다. 책을 꺼내자 세월이 덮어둔 먼지가 후드득 떨어졌다. 니나는 제일 마지막 페이지를 열었다.

'1828년 11월 19일, 세상을 떠나기 전, 슈베르트는 자신이 베토벤이라고 착각하고 이 세상에 자신을 위한 장소가 아직 있는지 몇 차례 물었다. 그의 시신은 베링 묘지에 매장되었다가 1888년, 빈 중앙묘지, 일명 〈예술가의 판테온〉으로 옮겨졌다.'

바람이 불어와 팔랑팔랑, 멋대로 몇 장의 책장을 넘긴다. 니나는 가끔 고개를 들고 횡단보도 건너편을 바라본다. 버스가 달려와 사람들을 내려놓고, 또 다시 떠나간다. 기다리는 사람의 모습은 그 속에 없다. 실망한 얼굴로 니나는 다시 책에 얼굴을 묻는다. 잠시 후 횡단보도의 신호가 바뀌고, 니나는 또 고개를 들어 사람들의 모습을 살핀다.

"슈베르트의 생애?"

니나의 시선이 횡단보도 건너편에 머물고 있는 사이, 누군가 그녀에게 다가와서 그녀가 읽던 책을 집어 든다.

"언제 왔어?"

"아까."

니나는 가능하면 짧게 대답하려고 애를 쓴다. 떨리는 목소리가 묻어 나올 것 같아서. 하지만 입을 다물고 있자니 쿵쿵 울리는 심장 소리가 신경 쓰인다. 무슨 말이든, 빨리 해주면 좋을 텐데. 짧은 순간의 침묵이 백 년처럼 느껴져서, 니나는 멍한 기분이 된다.

"가자."

그가 앞장서서 성큼성큼 걷는 사이, 니나는 '아까'라고 대답하지 말고 '조금 전에'라고 할 걸 그랬다고 생각한다. 쇼윈도 안에 있는 시계를 흘낏 보고 나자 마음이 더 조급해진다. 이제 겨우 약속 시간인데, 너무 일찍부터 기다리고 있었던 것이다. 그런 니나의 마음은 아랑곳없이, 그는 가끔 걸음을 멈추고 니나를 기다렸다가 다시 걷는다. 보조 정도는 맞춰주면 좋을 텐데. 이건 데이트잖아. 니나는 그를 원망하며, 종종걸음으로 따라잡는다.

"파스타, 괜찮지?"

니나의 의사를 묻지 않은 채로, 그는 캐주얼한 이태리 레스토랑으로 들어선다.

"액션영화, 싫어하지 않지?"

역시 니나의 의사를 묻지 않은 채로, 그는 예매한 티켓 두 장을 꺼내어 흔들어 보인다. 니나는 굳이 영화의 제목을 확인하지도 않고 고개를 끄덕인다.

그날 저녁, 니나는 집으로 돌아오자마자 침대에 쓰러져버린다. 머리끝부터 발끝까지 지칠 대로 지쳤는데, 정신은 고장 난 전구처럼 환하게 불을 켜고 있다. 니나의 기억은 어느 한 부분 정확하지 않다. 그와 함께 갔던 레스토랑이 어디 있었는지, 파스타가 어떤 맛이었는지, 영화의 내용이 무엇이었는지, 집으로 돌아올 때 전철을 탔는지 버스를 탔는지, 아무것도 기억나지 않는다. 그녀의 기억 속에는 단 한순간, 그녀가 스타벅스의 야외 테이블에 앉아 그를 기다리던 그 순간만 남아 있다. 기억 속의 횡단보도에서는 끝없이 신호등의 불빛이 바뀌고, 끝없이 사람들이 오간다. 하지만 그의 모습은 끝내 보이지 않는다.

"니나."

시에나의 목소리에 니나는 눈을 뜬다.

"또 다른 세계로 가버렸구나."

시에나는 후후, 웃고 니나의 컵에 허브티를 채워준다.

"그래도 역시 너무 적게 좋아하는 쪽보다는, 너무 많이 좋아하는 쪽이죠?"

니나는 그렇게 말하면서, 심장의 한 구석이 조금씩 조여오는 것을 느낀다. 시에나는 아무 대답도 없고, 정원의 포도나무를 가만히 응시하고 있다.

"왜냐하면,"

니나는 혼자 말을 맺는다.

"역시 시시할 거예요, 아주 클래식한 데이트는."

'그냥 계속 불행한 것보다는 아주 많이 행복해진 다음에 불행해지는 것이 더 견디기 힘든 건지도 몰라. 하지만 사람들은 그걸 원하는 게 아닐까.', 니나는 생각한다. '시에나는 언젠가 한 번 행복했던 적이 있었을 거야. 잘은 모르지만, 슈베르트도 그랬을 거야. 나는 아직 본 적이 없지만, 저 포도나무에도 언젠가 포도가 열렸을 테니까. 그리고 또 열리겠지.'

seventeen ★ *lesson 2*
부주의한 친절

엄마는 울고 있었다.

처음에 니나는 그 소리가 어디에서 들리는지 알지 못했다. 니나는 막 잠에서, 아니 꿈에서 깨어난 참이었다. 모든 것이 평소와 달랐다. 바다로부터 파도가 밀려나듯, 꿈으로부터 서서히 밀려나 깨어나는 것이 원칙이었다. 꿈과 현실 사이에 만약 어떤 원칙이라는 게 있다면 말이다. 그러나 그날 밤, 니나는 꿈으로부터 갑자기 쫓겨났다. 마치 누군가의 커다란 손이 그녀를 들어 올려 꿈의 바깥으로 내동댕이친 것처럼 니나는 불현듯 현실과 맞닥뜨려야 했다.

꿈에서 니나는 끝없이 망설이고 있었다. 아저씨, 하고 부르고 싶었는데, 몇 번이나 그럴 기회가 있었는데, 그녀는 그의 등만 바라보고 있었다. 그가 몸을 돌리면 재빨리 다른 곳을 보았다. 그러고 다시 그의 등을 향해 아저씨, 하고 불렀지만 그 말은 입 밖으로 나오질 않았다. 아니 그보다 그를 불러서는 안 될 것 같았다. 그것은 대단히 큰 잘못인 것처럼 여겨졌다. 마치 온 세상이 니나가 원하는 것을 반대하는 것 같아서, 니나는 몹시 슬펐다. 그녀가 갑자기 꿈으로부터 밀려났을 때, 엄마는 울고 있었다. 한밤중에, 부엌에 놓인 식탁 앞에서, 불도 켜지 않은 채.

"도무지 가까이 갈 수 있는 분위기가 아니었어요. 내가 말을 시키면 더 울 것 같아서."

토요일 오후 세 시 반, 니나는 시에나의 어깨 너머로 보글보글 소리를 내고 있는 냄비를 보고 있다. 시에나는 익숙한 손놀림으로 끓어오르는 물에 한 스푼의 소금과 몇 방울의 올리브오일을 떨어뜨린다.

"그런데 다음 날 아침에 아무 일도 없다는 듯이 활짝 웃고 있지 뭐예요."

"엄마도 꿈을 꾸신 게 아닐까?"

한 움큼의 파스타를 냄비에 펼쳐 넣으며 시에나가 말한다.

"꿈이란 가끔 어른들에게 더 가혹한 법이거든."

"어째서요?"

니나의 질문에 대답하는 대신, 시에나는 후후, 하고 웃는다.

"미리 알 것 없어. 모든 꿈이 그런 것도 아니고, 모든 어른이 그렇게 느끼는 것도 아니니까. 게다가 가혹한 것이 꼭 나쁜 것만은 아니거든."

니나가 알기로, 시에나는 절대적으로 좋은 것도, 절대적으로 싫은 것도 갖고 있지 않은 사람이다. 언제나 이것은 이것대로, 저것은 저것대로, 좋기도 하고 나쁘기도 하고, 기쁘기도 하고 슬프기도 하고, 그 모든 것들이 이리저리 섞여 있다. 마치 지금 냄비 속에서 함께 어우러져 끓어오르고 있는 물과 올리브오일처럼. 금을 긋고 이쪽과 저쪽으로 나누는 것을 그녀는 싫어한다. 하지만 만약 시에나가 그런 소릴 듣는다면, 그렇게 나누는 것에도 좋은 점과 나쁜 점이 있다고 얘기할 것이다.

"그런데 무슨 꿈을 꾸었을까요?"

'어른'이라는 단어와 '가혹'이라는 단어를 곧 잊어버리고, 니나가 다시 묻는다.

"니나."

니나, 할 때의 '나'를 2도쯤 내려서, 시에나가 말한다. 그 후에는 뭔가 진지한 이야기가 나온다는 걸 니나는 알고 있다. 니나의 '나'를 2도쯤 올려 말할 때는 즐거운 이야기가 뒤를 잇는 것처럼. 그래서 니나는 숨을 들이마시고 그녀의 이야기를 기다린다.

"기억이라는 건 순서에 따라 차곡차곡 쌓이는 게 아니야. 만약 그렇다면 오래된 기억들부터 차례로 잊혀지겠지? 그런데 기억들은 언제나 순서를 어기고 뒤죽박죽이 되거든. 그리고 어느 날 갑자기 엉뚱한 곳에서 엉뚱한 기억이 불쑥 솟아오르는 거야. 그것도 전혀 예상하지 못했던 순간, 이를테면 꿈 같은 데서 말이야. 그런 걸 아무렇지도 않게 넘길 수 있는 사람은 없어. 그 느낌은, 뭐랄까, 그래, 마치 멀미 같은 거야. 그 기분 알지? 머리가 아프고 멍해지고 세상이 흔들리고 심장에 커다란 추가 매달려 있는 것처럼 거북해서 토해버리고 싶은데 마음대로 안 되고. 그냥 그 순간이 지나가기를 기다리는 수밖에 없어. 아주 무기력하게. 그냥 울면서."

두 사람이 서 있는 싱크대 근처는 곧 매콤한 양파 냄새로 가득 찬다. 니나의 눈에 눈물이 살짝 고인다.

"멀미를 일으키는 가장 큰 요인은 감각들의 불일치야. 우리 귀 안에 있는 세반고리관에 진동이 전해지면서 자율신경계가 혼란을 일으키는 거지. 세반고리관이란 말, 들어봤니?"

"들어만 봤어요."

"말 그대로, 반원 모양의 굽어 있는 세 개의 관이야. 수평과 전후와 좌우, 이렇게 세 면으로 갈라지고 내부에는 림프가 가득 차 있어. 몸이 흔들리면 림프액이 평형을 맞추려고 수평 보정을 하게 돼. 그런데 세반고리관뿐 아니라 시각이나 피부감각도 평형을 감지하거든. 차가 상하로 흔들리면 림프액은 그것에 맞춰 평형을 유지하려고 해. 그런데 시각이나 피부가 다른 진동을 감지하면서 멀미가 일어나는 거야. 감각들이 서로 맞지 않으니까 혼란이 생기는 거지. 가급적이면 진동이 덜한 곳으로 자리를 옮기고 움직이지 않는 먼 곳을 보는 게 좋아. 아예 잠들어버리는 것도 도움이 되지. 그래도 안 된다면 차에서 내릴 수밖에."

시골길이었고, 여름이었고, 낡은 버스였고, 제일 뒷자리였다. 창밖으로 자욱하게 일고 있는 먼지 때문에 창을 열 수도 없었다. '아저씨, 속이 안 좋아요.', 하고 니나는 말하고 싶었다. 하지만 그는 굳게 입을 다문 채 눈을 감고 있었다.

니나는 그를 아저씨라고 불렀다. 일기장에는 제이라고 썼다. 제이는 그의 이니셜도 아무것도 아니었다. 그래서 니나는 그렇게 썼다. 혹시 이 다음에 누군가 그녀의 일기장을 보게 되더라도, 제이가 곧 그라는 것을 절대로 짐작할 수 없도록.

니나는 심호흡을 하고 무언가 다른 것에 집중하려고 노력했다. 이를테면 아빠에게 물려받은, 그녀의 무릎 위에 놓인 라이카 카메라 같은 것에. 몇 대의 차에 나누어 타고 간 동호회 사람들은 이미 강가에 있는 작은 마을에 도착했을 것이다. 니나는 일찍 출발할 수도 있었지만, 제이와 함께 가기 위해 일부러 출발 시간을 늦추었다. 하지만 제이는 버스에 올라탄 이후부터 그때까지, 한 시간이 넘도록 아무 말도 없었다.

그날은 여러 가지로 최악이었다. 약속 장소에 도착하여 일행들과 합류하자마자 니나의 오래된 카메라가 고장을 일으켰고, 그래서 니나는 내내 다른 사람들이 사진 찍는 것을 구경만 해야 했고, 집으로 올 때는 제이와 다른 차에 배정이 되었다. 그리고 하루 종일 제이는 니나에게 눈길 한 번 주지 않았다. 헤어지기 전에, 니나는 제이의 등에 대고 아저씨, 하고 부르려 했다. 하지만 그 말은 입 밖으로 나오지 않았다.

집으로 돌아왔을 때, 니나는 갑자기 무언가 억울한 기분이 들어 화가 치밀었다. 헤드폰을 뒤집어쓰고 요요마가 연주하는 피아졸라의 〈천사의 밀롱가〉를 열 번 들어도 기분은 가라앉지 않았다. 그래서 그녀는 전화를 걸었다. 열한 번의 신호가 울리고, 제이가 전화를 받았다. 밤 열한 시 십칠 분이었다.

"집에 잘 들어갔어?"

아무 일도 없다는 듯한, 조금 건조하고 조금 피로한 듯한 제이의 목소리가 전화선을 타고 흘러 들어왔을 때, 니나는 절망했다. 그녀가 기대한 것은 그런 게 아니었다. 좀더 당황하는, 좀더 동요하는, 좀더 진동하는 제이를 원했다. 제이가 멀미를 하길 바랐다. 제이의 수평과 전후와 좌우가 모두 흔들렸으면 했다. 니나는 제이를 괴롭히고 싶었다.

"나한테 상처를 주지 않겠다고 말했어요."

니나의 말에 시에나는 슬픈 듯한 표정을 지어 보인다.

"어떻게 그럴 수가 있겠어. 좋아하는데."

"그러니까 더 상처를 주면 안 되는 거 아니에요?"

화풀이라도 하듯, 니나는 온 힘을 다해 파마산 치즈를 강판에 갈고 있다. 노랗고 보드라운 가루가 파스타 위에 뿌려진다.

"저기 정원에 서 있는 포도나무, 좋아하지?"

시에나는 푸른 잎들이 그려진 냅킨을 식탁 위에 놓으며 묻는다.

"네."

"포도나무에서 꽃이 피고 포도가 열리면 기쁘겠지만, 혹시 열매도 맺지 못하고 시들어버리면?"

으음, 니나는 생각한다.

"우리와 아무 상관도 없는, 본 적도 없고 들은 적도 없는 곳의 포도

나무 한 그루가 그냥 죽어버리는 것과는 다르겠지. 말도 못하고 소통도 할 수 없는 나무 한 그루도 그런데, 그게 좋아하는 사람의 일이라면 더 복잡해질 거야."

"좋아하게 되면 상처를 주지 않을 수 없다는 건가요?"

"그래, 별로 마음에 들지 않지?"

"상관은 없지만, 그렇다면 애초에 그런 소릴 하지 말았어야죠."

"말이란 건 있잖아, 그 내용보다는 그 이야길 할 때의 느낌이랄까, 그런 것과 더 가까울 거야. 상처를 주지 않겠다, 라는 건 상처를 주고 싶지 않다는 기분인 거지. 생명이 있는 것은, 이 세상에 존재하는 것은, 모두 상처를 주고 또 받는 거라고 생각해. 다른 생명으로부터 생명을 빼앗고, 또 뺏기면서. 그러니 열심히 살아 있어야지."

"그럼 그런 이야기, 이제 믿으면 안 되겠네요."

치즈가루 위에 뿌려진, 지금 막 화분에서 뜯어 온 로즈마리와 타임을 물끄러미 바라보며 니나가 말한다.

"믿지 않으려 해도 믿을 수밖에 없어지는걸. 이제 먹자."

시에나는 환하게 웃으며, 정말 맛있다는 듯이 파스타를 먹기 시작한다.

"시에나가 열일곱 살에 좋아한 사람은 어떤 사람이었어요?"

치즈가 듬뿍 뿌려진 파스타를 입으로 가져가며 문득 생각났다는 듯, 니나가 묻는다. '열일곱 살에 누군가 좋아하던 사람이 있었나요?'

라는 질문은 생략한다. 시에나라면 열일곱에도 열여덟에도 열아홉에도, 틀림없이 좋아하는 사람이 있었을 것이라고 나나는 생각한다. 시에나라면 이 세상에 존재하는 모든 사랑 그리고 존재하지 않는 사랑까지도 해보았을 것 같다고, 생각한다. 그 대상이 몇 명인지는 중요하지 않다. 한 사람 속에서도 수백, 수천의 사랑이 머무르고 사라지고 변화할 수 있는 거니까.

"나나는 슈만의 곡들을 좋아하지?"

시에나는 포크로 매운 칠리 페퍼의 씨를 털어내며 말한다.

"네."

"슈만은 독일 사람이고, 낭만주의 음악들을 작곡했고, 독일 낭만주의의 특징 중 하나는 끝을 맺지 않는 거라는 말, 내가 했던가?"

나나는 고개를 젓는다. 콜록콜록, 시에나는 기침을 하다가 눈물까지 맺힌다.

"그러게 그걸 왜 먹어요? 매운 건 못 먹으면서."

나나는 시에나를 책망하며 냉장고를 열어 차가운 물을 꺼낸다. 숨도 쉬지 않고 물 한 컵을 다 마신 후, 시에나는 개운한 표정으로 미소를 짓는다.

"고마워. 매운 맛 뒤에 남는, 뭐랄까, 얼얼한 느낌이 좋아서 자꾸 손이 가지 뭐야."

"그런데 끝을 맺지 않는 이유가 뭔데요?"

"뭘 것 같아?"

시에나는 앨범 하나를 골라 오디오에 집어넣고 리모컨으로 소리를 높인다.

"들어봐."

시에나가 건네준 앨범에는 ⟨Robert Schumann, Albumblaetter op.124, Denes Varjon(piano) 27:04⟩라고 쓰여 있다. 이십칠 분 사 초 후, 두 사람은 텅 빈 접시를 앞에 놓고 막연한 생각에 잠겨 있다. 니나가 먼저 침묵을 깨뜨린다.

"슈만은 몇 살에, 어떻게 죽었어요?"

"마흔여섯 살에, 정신병원에서."

그리고 시에나는 가벼운 한숨처럼 이렇게 덧붙였다.

"한계가 없는 아름다움."

"한계가 없는 아름다움?"

"슈만이 스승으로 삼았던 존 파울의 말이야. 슈만은 일생 그 말을 마음에 담고 있었지. 낭만주의란 한계가 없는 아름다움이다."

"으음."

"하지만 이 세상의 모든 아름다움에는 한계가 있고, 그걸 알아버린 이상 살아갈 수 없었을지도 몰라."

"시에나는 어때요?"

니나는 쿵쿵, 울리는 심장의 고동을 느끼며 조심스럽게 묻는다. '그런 거, 원하지 않아요? 그리고 그런 게 없다는 거, 알아버리지 않았어요?' 라고 차마 덧붙이지는 못하고.

"열일곱에 좋아하던 사람은 그런 거 아닐까. 아니 사람이 아니라 좋아한 그 감정 속에 한계가 없는 아름다움이 숨어 있었던 것 같아. 그래서 차마 들추어볼 수가 없었던 거지. 나를 완전히 집어삼킬 것 같았거든. 하지만 만약 운명이 그걸 원했다면, 나는 그 속으로 들어가서 집어삼켜졌을 거야."

집에 잘 들어갔어?, 하고 제이가 물었을 때 니나는 잠시 침묵했다. 제이를 괴롭히고 싶다는 잔인한 마음과 제이에게 폐를 끼치고 싶지 않다는 애틋한 마음이 동시에 니나를 찾아왔다. 잘 들어왔어요, 어떻게 나한테 그럴 수 있어요, 아무 일도 없어요, 모든 게 엉망진창이에요, 이런 대답들이 한꺼번에 떠올라서 그만 전화를 끊어버리고 싶었다. 그러나 니나는 심호흡을 하고 최대한 평범한 목소리로 네, 하고 대답했다. 제이는 니나의 다음 말을 기다렸지만 니나에게는 더 이상 할 말이 없었다.

"안녕히 주무세요."

니나는 그렇게 말하고 조금 더 기다렸지만 여전히 제이는 침묵을 지켰다. 전화를 끊은 것도 아니었다. 어쩔 수 없이 니나는 먼저 전화를 끊고, 혹시 제이가 전화를 해줄까 기다렸지만, 전화기도 침묵을 지

컸다. 그날 밤 내내, 그 다음 날도, 또 그 다음 날도.

일주일이 지났을 때, 니나는 몹시 혼란스러웠지만 한편으로는 무거운 짐을 내려놓은 듯 홀가분한 기분도 들었다. 제이가 마치 자신과 아무 상관도 없는 사람처럼 여겨졌다. 그저 그녀와 아무 상관도 없는, 본 적도 없고 들은 적도 없는 곳의 포도나무처럼.

'그래도 역시 조금은 마음이 아플 거야. 그런 포도나무에게라도, 뭔가 좋지 않은 일이 생긴다면. 하지만 별 상관은 없겠지.'

니나는 그렇게 생각하고, 조금씩 제이를 마음에서 밀어냈다. 하지만 제이는 조금씩 니나의 마음 더 깊은 곳으로 들어가고 있었다.

"니나, 페달을 너무 오래 밟고 있어."

시에나가 주의를 준다.

"그렇게 하면 앞의 소리가 지워지지 않아서 깨끗한 소리를 낼 수 없잖아."

니나는 다시 한 번 연주를 하지만, 여전히 페달을 떼야 하는 타이밍을 잡지 못한다. 시에나는 갑자기 자리에서 일어선다. 직접 연주를 해 보일 건가, 니나는 생각하지만 시에나는 눈을 반짝반짝 빛내며 그랜드 피아노의 뚜껑을 연다.

"이리 와봐. 재미있는 걸 보여줄게. 피아노 내부를 자세히 들여다본 적 있어?"

니나는 고개를 흔들며 피아노 안을 들여다본다. 시에나는 몇 개의 건반을 누른다. 건반을 누를 때마다 작은 망치처럼 생긴 것이 현을 때리고, 건반을 떼면 또 다른 망치가 또 한 번 현을 때린다.

"두 번째로 현을 때리는, 망치처럼 생긴 것을 약음기라고 해. 앞의 망치가 현을 울리고 돌아가면, 바로 와서 다시 현을 때려 소리를 멈추게 하는 거야. 방금 만든 소리를 지우는 거지. 그래야만 다음 소리가 깨끗하게 들리니까."

"아, 아."

"건반을 누르고 있는 동안, 그리고 오른쪽 페달을 밟고 있는 동안은 약음기가 움직이지 않아. 그럼 앞의 소리들이 계속 허공에 남아서 뒤의 소리와 부딪치는 거야."

"아, 아."

니나는 뭔가 중요한 것을 알아버린 듯한 느낌을 받는다. 하지만 그게 뭔지 정확하게 몰라서, 고개를 갸웃거린다. 약음기의 문제가 아니라, 좀더 복잡한 문제에 관한 것인데, 하고 니나는 생각한다. 니나는 도움을 청하듯 시에나를 본다.

"편리하지 않니? 먼저 만들어진 음은 먼저 사라지는 거야. 기억처럼 뒤죽박죽 되어버리는 게 아니라. 하지만 아무리 뒤죽박죽이 되어도 기억은 언젠가 희미해지게 되어 있어. 좀더 강렬한 음이 좀더 오래 남아 있긴 하지만 언젠가는 사라지는 것처럼. 좀 복잡하지만, 그냥 지금은 그렇게만 생각해."

 니나는 순순히 고개를 끄덕이고 다시 연주를 시작한다. 건반을 누를 때마다 소리가 생겨났다가 곧 사라진다. 때로 부드럽고 때로 강렬한, 때로 슬프고 때로 즐거운 선율이 허공에 동그라미처럼 퍼져나갔다가 스러진다. 모든 것은 크고 깊고 둥글게 어우러져서 두 사람의 기억 속으로 스며든다.

"니나."

 연주가 끝나자, 시에나는 조용히 니나의 이름을 부른다. 2도 낮은 '나'로.

"한 가지만 기억해. 삶에서 가장 경계해야 할 것은 부주의한 친절이야. 그건 주어서도 안 되고, 받아서도 안 돼. 세상의 모든 것에는 이유가 있고, 좋은 점과 나쁜 점이 있지만, 단 하나, 부주의한 친절만은 우리에게 아무것도 남기지 못해. 그건 마치 약음기가 없는 피아노와 같은 거야. 처음에는 어떤 멜로디처럼 들리지만, 결국 모든 것이 엉키고 엉망이 되어버려서 연주를 하는 사람도 듣는 사람도 무의미해져."

 시에나의 이야기를 알 것 같기도 하고 모를 것 같기도 하지만, 니나는 어쩐지 조금 슬픈 기분이 되어, 생각한다. '우선 혼자 생각해보고, 다음에 물어보는 게 좋겠어. 왜냐하면 내가 이미 알고 있는 이야기인지도 모르니까.'

seventeen ★ lesson 3
베를린의 트럭 운전사

제이는 몹시 혼란스러웠다. 하지만 자신에게 혼란의 원인을 제공한 사람이 니나라는 사실을 인정하고 싶지 않았다. 그는 뭔가 다른 곳에서 원인을 찾으려고 애를 썼다. 이를테면 이번 여름휴가는 어디로 갈까, 하고 즐거운 고민을 하고 있는 여자친구와의 문제라거나 자꾸만 다운되는 컴퓨터라거나 아직 시작도 하지 못한 졸업논문 같은 것들. 제이는 세수를 하다가 거울 속에 비친 자신의 얼굴을 보았다. 마르고 까무잡잡하고 비누거품이 묻어 있는 스물일곱 살의 남자.

'아니야, 나한테 이런 일이 일어날 리가 없어.'

제이는 비누거품을 씻어낸 다음 셰이브크림을 마구 흔들었다. 하얀 거품이 제이의 손을 뒤덮고 뚝뚝 떨어졌다. 무언가를 깨뜨리고 싶다는, 제이에게는 몹시 낯선 충동이 그를 찾아온 건 그때였다. 걷잡을 수 없는 분노가 제이의 의식을 지배했다.

'도대체 어떻게 된 거야……'

제이는 가까스로 심호흡을 하고 조심스럽게 면도를 시작했다. 그리고 스스로를 타일렀다.

'딱 한 번 데이트 비슷한 걸 했을 뿐이야. 밥을 먹고 영화를 본 게 전부라고. 아무 일도 일어나지 않았어. 한 가지 마음에 걸리는 건, 그 애에게 했던 그 약속……'

어떤 전조도 없이 제이의 눈에서 따뜻한 눈물이 흘러나왔다. 뚫어지게 거울 속의 자신을 보고 있던 제이는, 그것이 자신의 눈에서 흐르고 있는 눈물이라는 것을 깨닫지 못했다. 눈물은 뺨을 타고 내려와 하얀 거품 위에 선명한 자국을 남겼다.

'상처를 주지 않겠다고 했는데. 그 애는 이제 겨우 열일곱인데.'

제이의 손에서 면도칼이 툭, 하고 떨어졌다. 거품이 사라지면서 제이의 마른 뺨이 윤곽을 드러냈다. 세면대에는 얼음처럼 차가운 물이 요란한 소리를 내며 쏟아져 내렸다. 그리고 제이는 알게 되었다. 십 분도 안 되는 짧은 시간 동안 자신을 휩쓸고 지나간 이 감정의 변화는, 죽음을 앞둔 환자들이 경험하는 심리적 단계와 일치한다는 것을.

부정, 분노, 타협, 좌절, 그리고……

제이에게 있어, 무어라 이름 붙일 수 없는 이 감정은 죽음에 이르는 통로였다. 그리고 스물일곱 살에게 있어 죽음이란, 깊고 허무한 동굴처럼 막막하고 캄캄한 것이었다.

'상처를 주지 않겠다고 말한 건, 나 자신에 대한 보호본능 때문이었어. 내가 상처 입고 싶지 않았던 거야. 하지만 결국 상처 입게 될 거란 것도 알고 있었지. 난 치사하고 비겁한 놈이야.'

"그 사람은 베를린의 트럭 운전사였어."

부풀어 오른 빵 반죽을 떼어내어 동그랗게 빚으며, 시에나가 말한다. 그녀는 독일식 빵을 만들고 있다. 집 안은 이미 이스트의 발효 향으로 가득 차 있다.

"그래서요?"

니나는 호기심 가득한 눈동자를 반짝반짝 빛내며 의자를 바싹 끌어당긴다.

"우리는 라이프치히에서 만났어. 비가 부슬부슬 오는 가을에."

"라이프치히라면, 바흐가 살았던 곳이죠?"

"그래. 서른여덟 살 때부터, 세상을 떠난 예순다섯 살 때까지 살았던 곳이지."

오븐팬 위에 동그란 반죽 아홉 개가 올려진다. 시에나는 그 위에 면으로 된 천을 덮은 후 한쪽으로 밀어둔다.

"지금 굽는 거 아니에요?"

"일차 발효가 끝났으니 십오 분쯤 쉬게 해줘야 해. 그 다음에 삼십 분 동안 이차 발효를 시키고, 굽는 건 그 다음."

"꽤나 복잡하네."

니나는 손가락으로 꼽아 시간을 계산해본다. 일차 발효 사십오 분, 휴식 십오 분, 이차 발효 삼십 분…… 그러다 곧, 지금 이런 걸 헤아리고 있을 때가 아니라고 생각하고 이야기를 계속해달라는 의미로 시에나를 빤히 바라본다.

"비가 오고 있었어. 거세지는 않았지만, 좀 무거운 비였지."

시에나는 정원을 향해 활짝 열린 문으로 쏟아져 들어오는 햇빛을 바라보며 말한다. 티끌 한 점 없는 햇빛이다. 니나는 눈을 감고 무거운 비가 내리는 라이프치히를 상상한다.

"그 도시, 커요?"

"작아. 기차에서 내려 한 시간쯤 돌아다니고 났더니 더 이상 갈 곳이 없어졌어. 그래서 토마스교회 앞에 있는 노천카페에서 커피를 마셨지."

"거기서 그 사람을 만났어요?"

"그건 조금 뒤. 에스프레소, 마실래? 갑자기 커피가 마시고 싶어졌어."

"저도 그런 거 같아요."

두 사람은 에스프레소를 만든다. 커피콩을 갈아 에스프레소 메이커의 거름망에 채우고, 아랫부분에 물을 붓고 꼭 닫은 다음, 불에 올리고 그것을 지켜본다. 에스프레소 메이커는 김이 오른다 싶으면 바로 끓어올라 넘쳐버리기 때문에 불을 끄는 타이밍이 중요하다. 자칫 한눈을 팔고 있다가는 한 모금도 마실 수 없게 되는 것이다. 그 사이에 일차 발효를 끝낸 빵은 잠깐의 휴식을 취한다.

두 개의 에스프레소 잔이 식탁 위에 놓인다. 이제 커피 향과 발효 향이 뒤섞인 채 집 안을 맴돌고 있다. 시에나는 반죽 위의 천을 걷고 양쪽 검지를 이용하여 동그란 반죽 가운데를 눌러 자국을 낸 다음 유산지를 깐 오븐팬 위에 올리고 다시 천을 덮는다.

"그 빵, 뭐라고 불러요?"

"브레첸. 그냥 작은 빵이라는 뜻이야. 이 빵을 사러 빵집에 갔어."

"라이프치히에서요?"

"응. 커피를 마신 다음에."

"거기서 그 사람을 만났어요?"

"그래. 그 사람도 여행을 왔다고 했어. 베를린의 트럭 운전사라고 자신을 소개했지."

"어떤 사람이었는데요?"

"엘리엇 스미스를 닮았어."

서른네 살에 자신의 가슴을 두 번이나 찌르고 세상을 떠난 엘리엇 스미스, 그를 닮은 베를린의 트럭 운전사는 유리창 너머로 무겁게 내리는 비를 바라보며 브레첸을 먹고 있었다. 버터도 잼도 바르지 않은 채, 그저 손으로 빵을 뜯어 입으로 넣는 것을 반복했다. 그는 사실 라이프치히에 볼일이 없었다. 그날은 비번이었고, 원래 계획대로라면 베를린의 낡은 아파트 안에서 하루 종일 지낼 작정이었다. 빨래도 하고 청소도 하고 잠도 자면서. 하지만 그날, 그는 너무 일찍 잠이 깨어버렸다. 시계는 여섯 시를 가리키고 있었고 밖은 어두컴컴했다. 이불을 뒤집어쓰고 다시 잠을 청했지만, 한번 달아난 잠은 이미 수백 킬로미터 밖에 있었다. 한 시간을 뒤척이던 그가 마침내 잠들기를 포기하고 일어나 라디오를 켰을 때, 바흐의 코랄 〈사람들은 모두 이 세상을 떠난다네)가 흘러나왔다.

"나는 그것을 일종의 신호로 받아들였습니다. 운명 따위는 한 번도 믿어본 적 없었으면서."

커다란 맥주 통들이 한쪽 벽에 늘어서 있는 어두운 레스토랑에서, 그는 그렇게 말했다.

"그리고 무작정 트럭을 몰아 여기까지 왔습니다. 배가 고파졌고, 그래서 빵을 사 먹었습니다. 그 빵집에서 당신을 보았을 때, 머릿속에서 다시 한 번 바흐의 코랄이 들리기 시작했습니다."

하지만 그는 그 두 번째 신호를 무시했다. 아니, 그것이 시에나와 연결된 것이라고는 생각하지 못했다는 게 정확하다. 시에나로 말하자면, 아무런 신호도 받지 못했고, 그래서 종이봉투에 든 빵을 만지작거리며 그의 앞을 가로질러 밖으로 나갔다. 그때 종이 울렸다. 토마스교회의 종들이, 뎅, 뎅, 뎅, 뎅, 뎅, 뎅, 여섯 번 울렸다. 여섯 번째 종소리의 여운이 사라질 때까지, 시에나는 그 자리에 그대로 서 있었다. 토마스교회 앞에서 역시 꼼짝도 않고 서 있는 바흐의 동상을 바라보면서.

"어릴 때 본 〈이상한 나라의 폴〉이라는 만화가 있어요. 폴은 대마왕에게 잡혀간 니나를 구하기 위해, 시간을 멈추고 다른 세계로 이동하죠. 그 종소리가 울렸을 때, 이 세상의 모든 시간이 한꺼번에 멎은 느낌이었어요. 거리를 지나가던 사람들과 날아가던 새들과 바닥을 굴러다니던 종이 같은 것들이 카메라의 프레임 안에 갇힌 것처럼, 한순간에 멎었어요. 난 그걸 알고 있었지만, 나도 어른이기 때문에, 움직일 수 없었어요. 시간의 경계를 벗어나 다른 세계로 갈 수 있는 건 아이들밖에 없으니까요."

괴테의 〈파우스트〉에 나오는 메피스토가 커다란 맥주 통 위에 앉아 그들을 내려다보고 있는 어두운 레스토랑에서, 시에나는 그렇게 말했다. 결박된 시간에서 풀려났을 때, 그러니까 여섯 번째 종소리의 여운이 완전히 사라졌을 때, 시에나는 천천히 뒤를 돌아보았다. 빵집 유리창 너머, 자신을 바라보고 있는 베를린의 트럭 운전사의 모습이 그녀의 눈 속으로 파고들었다.

브레첸은 오븐 안에서 고소한 향기를 풍기며 구워지고 있다. 티끌만 한 불안도 없는 평화의 향기다. 째깍째깍, 오븐의 타이머가 규칙적으로 움직이는 소리가 들린다.

"시간이 규칙적으로 움직이면, 아니 규칙적으로 움직인다고 느껴지면 안심이 돼."

시에나는 잠시 타이머 소리에 귀를 기울이고 그 박자에 맞춰 손가락을 움직인다. 이야기를 할 때, 다른 사람의 이야기를 들을 때, 노래를 부를 때, 음악을 들을 때, 책을 읽을 때, 아무것도 하지 않을 때에도 시에나는 그렇게 피아노를 치듯 손가락을 움직인다.

"시간이 지나치게 천천히 흐르는 것은 그런대로 견딜 만한데, 너무 빨리 흐르는 건 힘들거든."

"어째서요?"

"그날 우리는 오후 여섯 시에 만났어. 그리고 잠시 후 교회의 종이 열두 번을 울렸지. 그 여섯 시간이 몽땅 거대한 진공관 속으로 빨려 들어가버린 것 같아. 마치 시간에게 잡아먹힌 듯한 느낌이 들어서, 두렵고 무서워."

시에나의 가벼운 한숨 소리 사이로 불현듯 땡, 하는 소리가 끼어든다.

"내가 꺼낼게요."

니나는 커다란 오븐장갑을 끼고 노릇노릇하게 구워진 빵을 꺼낸다.

"일 초는 단지 일 초만큼, 일 분은 일 분으로, 한 시간은 한 시간으로 흘러가는 시간. 어쩌면 난 오래도록 그걸 원해왔다는 기분이 들어."

시에나는 니나가 들고 있는 뜨거운 브레첸을 향해 그렇게 말한다.

침대 옆에는 조그마한 테이블이 놓여 있었고, 그 테이블에는 역시 조그마한 거울이 붙어 있었다. 거울을 보며, 안나는 머리를 빗었다. 베를린의 트럭 운전사는 침대에 누워, 안나의 옆모습을 물끄러미 바라보았다.

"뭘 그렇게 봐?"

그의 시선을 느낀 안나가 머리카락을 쓸어 넘기며 물었다.

"아주 어릴 때 생각을 잠깐 했어."

그의 시선이 안나에게서 천장으로 옮겨 갔고, 그의 생각 역시 안나에게서 어린 시절로 옮겨 갔다.

"어릴 때?"

"얘기한 적 없었나. 매일 아침마다, 꼭 그렇게 침대 옆 테이블에 달린 거울 앞에 앉아서, 머리를 빗었어. 우리 어머니."

"얘기한 적 없어."

안나는 거울 속에서 자신의 눈 아래 잡힌 주름을 발견하고, 얼굴을 찡그렸다.

"아주 일찍 일하러 가셨거든. 난 항상 침대 안에 있었지. 자다가 눈을 뜨면, 거기서 그렇게 머리를 빗고 계시다가, 나를 보고 미소를 지으셨어. 그 다음에 굿바이 키스를 하고, 일어나 나가셨지."

안나는 천천히 숨을 들이마셨다. 그리고 그에게로 몸을 굽혀, 그의 뺨에 가볍게 키스를 했다.

"어머니는, 매일 밤 돌아오셨어?"

그의 귀에 대고 안나가 속삭였다.

"그래. 언젠가, 돌아오지 않았던 그날 밤 이전까지, 매일 돌아오셨지."

안나는 자리에서 일어나 스커트 자락에 잡힌 주름을 탁탁 털었다.

'생은 반복된다.'

그녀를 바라보며, 그는 생각했다. 그와 동시에, 그의 머릿속에 하나의 또 다른 문장이 떠올랐다.

'그리고 삶은 흐른다.'

'그리고' 앞에 생략된 무수한 것들에 대해 이제 와서 왈가왈부할 이유는 없을 것이다. '흐른다' 후에 따라올 수없이 많은 것들에 대해서는 아무것도 말할 수 없다. 과거는 지나갔고 미래는 알 수 없다. 그런 생각을 하자 그는 슬퍼졌다. 무한하고 무의미한 슬픔이 그를 내리쳤다. 그 슬픔이 반복되는 생 때문인지, 흐르는 삶 때문인지, 안나와의 이별 때문인지, 어느 날 문득 집으로 돌아오기를 멈춘 어머니 때문인지, 그는 잘 알 수가 없었다.

안나가 떠나고, 그녀의 등 뒤로 문이 닫혔다. 그날 밤, 그녀는 돌아오지 않았다.

"그리고 한 달 후에, 그는 라이프치히의 어느 빵집에 앉아 버터도 잼도 바르지 않은 브레첸을 먹고 있었어."

"거기서 시에나를 만난 거군요."

"나는 브레첸이 든 종이봉투를 들고 있었어. 그는 빵집 유리창 너머에 있었고. 그 다음 기억은, 커다란 맥주 통들이 한쪽 벽에 늘어서 있고 메피스토가 우리를 빤히 보고 있던 어두운 레스토랑이야. 그곳에서 그가 그 이야기를 했어. 머리를 빗는 안나와 매일 아침 굿바이 키스를 해준 그의 어머니, 반복되는 생과 흐르는 삶, 무한하고 무의미한 슬픔 같은 것. 그리고 그때, 나는 내 평생 동안 느껴야 할 질투를 다 느껴버렸어."

"하지만 두 사람은 그날 처음 만난 거 아니에요?"

니나는 굳이 대답을 듣기 위해서라기보다, 스스로에게 물어보듯 질문을 던진다.

"게다가 그 사람은 안나와 한 달 전에 헤어졌고, 시에나는 안나를 알지도 못했잖아요?"

두 사람은 물끄러미 테이블 위에 놓인 브레첸을 바라본다. 마치 브레첸이 그 질문에 대해 답이라도 해주기를 기다리는 것처럼. 그러나 브레첸은 이제 천천히 식어가고 있을 뿐이다.

"질투하는 자들은 원인이 있어서가 아니라, 질투하기 때문에 질투하는 것이다. 그건 스스로 생기고 스스로 태어나는 한 마리 괴물이다."

시에나는 허공에 시선을 둔 채 그렇게 말한다.

"셰익스피어의 〈오셀로〉에 나오는 대사야. 그 괴물은 스스로 태어나서 모든 것을 집어 삼켜버렸어. 나는 뭐가 뭔지 모르는 채로, 그를 원망하고 안나를 증오했어. 내 입술에 묻어 있는 질투라는 이름의 치명적인 독이, 그 모든 시간과 공간을 죽음으로 몰고 간 거야. 나는 그 사실을 알면서도 멈출 수가 없었어."

'시에나는 질투라는 걸 해본 적이 있어요?' 라고 그날, 니나가 물었다. '아마 없을 거야.' 라고 생각하면서. 시에나는 조금 슬픈 듯한 미소를 짓더니 밀가루를 꺼내어 빵을 만들기 시작했다. 일차 발효가 끝났을 때, 시에나는 불현듯 베를린의 트럭 운전사 이야기를 꺼냈다.

"그 사람, 다시 못 만났어요?"

버터도 잼도 바르지 않고 먹는 브레첸에서는 눈물처럼 짠맛이 난다. 지금 목이 메는 것은 이 빵 때문이라고 생각하며, 니나는 그렇게 묻는다.

"응. 우리 두 사람이 함께 소비해야 할 모든 감정을 그날 다 소비해 버렸던 것 같아."

"어떤 감정인데요?"

사랑이라는 이름의 죽음, 질투라는 이름의 죽음, 그 죽음에 이르는 다섯 단계를 시에나는 떠올려본다.

"부정, 분노, 타협, 좌절, 그리고……"

그녀는 잠시 말을 멈추고 창밖을 응시한다.

"그리고?"

니나는 타는 듯한 갈증을 참으며 시에나를 본다.

"수용."

털썩, 무거운 짐을 내려놓듯 시에나는 툭, 하고 그 단어를 허공에 던진다.

"그게 끝인가요?"

니나의 말에, 시에나는 가벼운 한숨을 쉬고 빙긋 웃는다. 예순다섯 살의 나이로 세상을 떠난 바흐가 지상에서 마지막으로 들었던 노래는 〈사람들은 모두 이 세상을 떠난다네〉였다. 병상에서 마지막 숨을 쉬고 있는 그에게 그 노래를 불러준 사람은 그의 두 번째 아내, 안나였다. 시에나는 그 이야기를 니나에게 해주는 대신, 이렇게만 말한다.

"모든 종결 악장에는 반드시 새 악장의 도입부가 포함되어 있는 거야."

정원을 향해 활짝 열린 문으로 햇빛이 쏟아져 들어온다. 티끌 한 점 없는 햇빛이다. 최소한 당분간, 그 햇빛 속에 무거운 비의 그림자는 깃들지 않을 것이다.

seventeen ★ *lesson 4*
물의 아이

토마토가 자란다. 노란 방울 같은 꽃이 피었다 떨어진 자리에 열매가 맺히고, 그 열매는 빨간 빛을 띠며 익어간다. 니나는 어릴 때 토마토를 싫어했다. 생긴 게 마음에 안 든다든지, 토마토에 얽힌 안 좋은 기억이 있다든지, 그런 이유 때문은 아니다. 그저 단순히 토마토가 달지 않았기 때문이다. 딸기나 수박, 복숭아나 포도 같은 과일에 비하면 토마토의 맛은 너무 밋밋했다. 하지만 토마토가 과일이 아니라 야채라는 것을 알게 되었을 때부터, 니나는 토마토를 좋아하게 되었다. '달지 않은 토마토'를 용서하게 되었다는 표현이 정확할지도 모르겠다. 토마토를 용서하고 나자 토마토의 달지 않은 맛, 그 속에 들어 있는 여러 가지 특별한 맛이 느껴지기 시작했다. 그렇게 해서 토마토는 특별해졌다.

조금 더 자랐을 때, 니나는 이 세상에 달지 않은 과일이라는 게 존재해도 별 상관은 없겠다는 생각을 하게 되었다. 단맛을 지닌 야채도 존재하고 싶다면 얼마든지 존재할 수 있는 거라는 생각도 했다. 알고 보니, 세상에는 정말 달지 않은 과일과 단맛을 지닌 야채가 이미 존재하고 있었다.

'그렇다면 애초에 과일이라거나 야채라거나, 그런 구분이 없는 쪽이 좋았을지도 몰라.'

니나는 또 생각했다.

'그런 걸 정해두면, 선입견이라는 게 생겨버리니까.'

이유야 어떻든 간에 니나는 토마토를 좋아하게 되었는데, 그건 토마토가 지니고 있는 속성 때문이기도 하다. 니나가 찾아본 바에 의하면, '토마토의 줄기는 높이가 일 미터 이상에 달하며 가지가 많이 갈라지고, 땅에 닿으면 어디에서나 뿌리를 내리며 부드러운 흰 털이 밀생한다.' 라고 백과사전에 나와 있다.

'어쩐지, 마치 크리스마스 같아.'

니나는 사진 속의 빨간 토마토를 바라보며 생각했다.

'땅에 닿으면 어디에서나 뿌리를 내리다니.'

니나는 눈을 감고 '땅에 닿으면 어디에서나 뿌리를 내리는' 토마토를 상상했지만, 그 이미지가 어째서 크리스마스를 떠올리게 하는지 설명하긴 힘들었다. 니나가 자신을 좋아하거나 말거나, 토마토는 자란다. 남아메리카의 안데스 산맥에서도 자라고, 시에나의 정원에 있는 작은 텃밭에서도 자란다.

"내가 심은 게 아니야."

빨갛게 익은 토마토를 따며 시에나가 말한다. 토마토에는 방울방울 물방울이 맺혀 있다. 조금 전에 한바탕 내린 소나기 때문이다.

"그럴 거라고 생각했어요."

니나는 손을 내밀어 토마토의 빨간 볼을 꾸욱 눌러본다.

"어째서?"

시에나는 일부러 의아하다는 듯한 표정으로 니나를 바라본다. 하지만 그녀의 입가에는 장난스러운 미소가 맺힌다.

'그냥. 뭔가를 키우는 건 시에나랑 어울리지 않는 것 같아요.'

니나는 생각만 하고, 말은 하지 않는다. 두 사람은 다섯 개의 토마토를 나눠 들고 집 안으로 들어간다.

"그럼 누가 심었어요?"

"물의 아이."

"물의 아이? 그게 누군데요?"

시에나는 대답 대신 니나를 잠시 바라보다가, 이렇게 말한다.

"오늘 레슨은 끝났는데, 빨리 돌아가야 하니?"

니나는 고개를 젓는다. 일주일에 한 번, 그러니까 매주 토요일 오후, 피아노 레슨을 받기 위해 시에나의 집으로 오는 날, 다른 약속을 만들었을 리 없다. 두 시간이나 세 시간 정도의 레슨이 끝나고 나면 두 사람은 늘 함께 요리를 하고, 저녁을 먹고, 음악을 듣고, 이야기를 나누었다.

'내가 제대로 숨을 쉴 수 있는 유일한 시간은, 시에나의 집에 머무르는 시간일지도 몰라.'

니나는 그렇게 생각했고, 시에나도 그걸 모를 리 없다. 니나가 레슨 후 바로 돌아간 적은 지금까지 딱 한 번뿐이었는데, 깜박 잊고 휴대폰을 집에 두고 온 날이었다. 니나는 혹시라도 제이가 전화를 할지 모른다는 생각 때문에 레슨에 집중할 수가 없었고, 레슨이 끝나자마자 곧바로 집으로 돌아갔다. 하지만 늘 그랬듯이, 제이의 전화는 절대로 오지 않았다.

"그럼, 대니를 만나봐."

시에나가 말한다.

"대니?"

"그래. 물의 아이, 대니."

대니는 시에나가 아주 어릴 때 옆집으로 이사 온 남자아이였다. 한 번도 본 적은 없지만, 대니의 아빠는 영국사람이라고 했다. 대니의 엄마는 매일 아침 일을 하러 나가서 저녁 늦게 돌아왔고, 대니의 할머니가 하루 종일 대니를 돌보아주었다. 시에나는 하얀 얼굴과 갈색 곱슬머리를 가진 대니와 함께 종종 소꿉놀이를 했다. 동네의 다른 아이들은 대니와 놀아주지 않았지만, 시에나는 대니가 좋았다. 무엇보다 대니가 말을 거의 하지 않는다는 게 마음에 들었다. 시시껄렁한 꼬마아이들의 잡담에 장단을 맞춰줄 의사가 시에나에게는 없었기 때문이다. 그러나 어쩌면 그때 대니는, 단지 우리나라 말이 서툴렀던 건지도 모른다. 이사 오기 전까지, 영국에서 살았다고 했으니까.

한바탕 소나기가 내리고 난 어느 여름 오후에 두 사람은 손을 맞잡고 걷기 시작했다. 특별한 목적지가 있었던 건 아니었지만 한참 걷다

보니 강이 나왔고, 대니와 시에나는 그곳에서 잠시 쉬기로 했다. 강가에는 한 무리의 잠자리 떼가 어지러운 원을 그리며 날아다니고 있을 뿐, 사람은 물론 강아지 한 마리도 없었다. 시에나는 잠자리를 향해 손을 뻗어보았다. 딱히 잡으려고 했던 건 아니었고, 단지 잠자리들이 그려내는 포물선을 손가락으로 따라 그리고 싶었던 것이다.

포물선의 형태에 너무 열중한 나머지, 시에나는 자신이 강가에 서 있다는 사실을 잠깐 잊어버렸다. 하늘로 높이 날아가는 잠자리 한 마리의 꼬리를 따라가며 왼쪽 발을 한 발 앞으로 디디는 순간, 시에나의 작은 몸은 균형을 잃었고, 그녀가 손가락으로 그리던 포물선은 급강하했다.

시에나는 비명도 지르지 않았다. 자신에게 무슨 일이 일어났는지 미처 알아차리기도 전에, 대니에 의해 당겨졌기 때문이다. 대니가 어찌나 힘껏 그녀의 팔을 잡아당겼던지, 시에나는 그 자리에 털썩 주저앉아버렸다. 그 바람에 이번에는 대니가 몸의 균형을 잃었다. 대니의 몸은 바람처럼 부드럽게 휘어지더니, 그대로 강 속으로 빨려 들어갔다. 시에나는 대니가 잡아당긴 팔을 감싸 쥐고 물 속으로 빠져가는 대니를 바라보았다. 그의 모습은 곧 사라졌다.

'팔이 아파.'

그녀는 생각했다.

'그런데 대니는 왜 안 나오는 걸까.'

시에나는 너무 어려서, 사람이 물에 빠져 한동안 숨을 쉬지 못하면 죽게 된다는 사실을 알지 못했다. 그래서 누군가에게 도움을 청할 생각도 하지 못하고, 그저 강가에 앉아 대니가 다시 나타나기만을 기다렸다.

"대니."

이만하면 충분히 기다렸다고 생각한 시에나는 대니의 이름을 불러보았다. 그러나 그녀의 목소리는 대니의 귓가에 닿지 못했다.

"대니."

이번에는 조금 더 큰 목소리로 불렀다. 하지만 여전히 대니의 대답은 돌아오지 않았다.

"대니!"

시에나는 갑자기 무서운 생각이 들었다. 이대로 대니가 영영 돌아오지 않을지도 모른다는 생각이 처음으로 떠올랐다. 대니와 함께 보냈던 조용하고 따뜻한 시간이 영영 과거 속에 묻혀버린다면, 시에나는 두 번 다시 대니의 곱슬곱슬한 머리카락을 만져볼 수 없을 것이다. 시에나는 몹시 실망했다. 그녀의 눈에서 눈물방울이 똑똑 떨어졌다. 그녀는 작은 손바닥에 얼굴을 묻고 대니의 이름을 부르며 흐느꼈다.

"울지 마."

시에나가 고개를 들자, 온통 젖어버린 대니가 젖은 손으로 그녀의 젖은 얼굴을 닦아주었다.

"나도 그때 처음 알았어. 내가 물 속에서 숨을 쉴 수 있다는 걸 말이야."

대니는 식탁 위에 얌전하게 놓인 다섯 개의 토마토를 대견스럽다는 듯 바라보며 말한다.

"얼마쯤 지난 후에, 난 사람이 물에 빠져 한동안 숨을 못 쉬게 되면 죽어버린다는 걸 알게 됐어. 그리고 그건 대니와 나 사이의 비밀이 되었지."

아직도 고개를 갸웃거리고 있는 니나를 향해, 시에나가 설명을 덧붙인다. 하긴 대니라면 그럴 수도 있겠다고, 니나는 생각한다. 아주 먼 나라에서 온 듯한, 지구가 아닌 다른 어떤 곳에서 흘러온 듯한 눈빛과 머리카락과 목소리를 가지고 있는 대니라면.

"시에나는 비밀을 지켰지."

대니는 그렇게 말하고 즐겁게 웃는다.

"지키지 않았어도 상관없었을 거야. 어차피 아무도 믿지 않았을 테니까. 자기가 다른 별에서 왔다는 아이도 있었고, 태어나기 전의 일이 기억난다고 했던 아이도 있었거든."

시에나가 말한다.

"태어나기 전의 일이요?"

니나가 묻는다.

"그래. 자신이 크리스마스트리였대."

세 사람은 웃음을 터뜨린다.

"토마토를 보면 크리스마스가 생각나요."

니나는 그렇게 말하고 두 사람의 표정을 살핀다.

"아아, 당연하지."

대니는 토마토 하나를 집어 들고 말한다.

"땅에 닿으면 어디에서나 뿌리를 내리잖아."

대니가 더 이상의 설명을 해줄 것 같지 않아서, 니나는 다른 질문을 한다.

"그런데 왜 대니 아저씨는 토마토를 심었어요?"

"토마토뿐만이 아니야. 이 정원에 있는 꽃과 나무는 모두 대니가 심고 가꾼 거야."

시에나가 대답한다.

"심고 가꾸는 건 시에나와 어울리지 않잖아? 그렇다고 그냥 두자니 너무 쓸쓸해서."

대니가 덧붙인다.

어느 저녁, 대니가 시에나를 찾아왔다. 두 사람 사이에 비밀이 생긴 지 일 년쯤 지났을 때였다. 시에나의 엄마는 대니에게 집으로 들어오라고 했지만, 대니는 고개를 저으며 대문 앞에 서 있었다. 시에나가 나왔을 때, 대니는 등을 돌린 채 하늘 끝으로 넘어가는 해를 바라보고 있었다. 붉은 노을을 받은 대니의 머리카락이 불꽃처럼 흔들렸다.

"대니."

대니는 시에나가 부른 후에도 한참이 지나서야 돌아섰다.

"왜 그래? 어쩐지 슬퍼 보여."

대니는 미소를 지으며 가만히 시에나를 바라보다가, 손에 쥐고 있던 무엇인가를 내밀었다.

"이건, 토마토잖아?"

"응."

대니가 대답했다.

"크리스마스 때."

"뭐? 크리스마스?"

시에나는 토마토를 받는 대신, 대니의 대답을 기다렸다. 그 토마토는 뭔가 이상했다. 토마토 자체가 이상한 건 아니었지만, 그걸 받아버리는 순간, 무엇인가가 변할 것 같았다.

"기억해줘."

대니는 힘겹게 말했다.

"크리스마스에 기억해달라고? 토마토를? 너를?"

"둘 다."

토마토를 들고 있는 대니의 손이 가볍게 흔들렸다. 시에나는 더 이상 버틸 수가 없어서 그것을 받아 들었다. 하늘 끝에 간신히 매달려 있던 해가 훌쩍, 넘어갔다.

"어디……가?"

그렇게 말하고 나자, 시에나는 갑자기 어지러워졌다. 그녀의 몸이 휘청, 하고 흔들렸고 대니가 그녀의 팔을 잡았다. 불현듯 그날의 강이 시에나의 마음속에서 선명하게 솟아올랐다. 시에나는 무서웠다. 대니가 어디론가 가버릴 것 같다는, 영영 돌아오지 않을 것 같다는, 그래서 이제 대니와 함께 보내던 조용하고 따뜻한 시간은 영영 과거 속에 묻혀버릴 거라는, 두 번 다시 대니의 곱슬곱슬한 머리카락을 만져볼 수 없을 것이라는 생각이 들었다. 그날처럼, 그녀의 눈에서 눈물방울이 똑똑 떨어졌다.

"울지 마."

그날처럼 대니는 그렇게 말했지만, 이번에는 그녀의 젖은 얼굴을 닦아주지 않았다. 시에나는 한 손에 토마토를 든 채, 다른 한 손으로 눈물을 닦으며 대니를 바라보았다. 다음 날 아침 시에나가 일어났을 때, 대니의 집은 텅 비어 있었다.

"그럼 언제 다시 만난 거예요?"
"어른이 된 다음에."
니나의 질문에 대니가 대답한다.
"그동안 어디 있었는데요?"

대니는 빙긋 웃으며 다른 이야기를 한다.

"그보다 시에나, 이 토마토, 어떻게 할 거야?"

"글쎄, 토마토소스를 좀 만들어볼까 했는데 어쩐지 미안해서."

빨간 토마토의 볼을 꾸욱 누르며 시에나는 그렇게 말한다.

"응. 이렇게 싱싱한 토마토로 소스를 만든다는 건, 왠지 죄를 짓는 것 같지?"

대니는 토마토를 잠시 바라보다가, 자리에서 일어선다.

"와인 하나 가져왔어."

니나는 대니가 내민 와인을 유심히 들여다본다.

"이거, 뭐라고 읽는 거예요?"

"샤토 드 베르갱 뱅 드 라부아."

대니가 그렇게 대답하고 와인오프너와 와인글라스를 가지러 간 사이, 시에나는 냉장고에서 모차렐라 치즈를 꺼낸다.

"니나, 해가 지고 있으니까 초를 골라줄래? 대니, 어떤 음악이 좋을까?"

식탁이 차려진다. 레드와인, 발사믹 비네거와 올리브오일과 바질과 파슬리, 소금과 통후추가 뿌려진 토마토와 모차렐라 치즈 샐러드, 빨간색과 초록색의 초 두 개, 프리츠 분덜리히가 부르는 슈베르트의 〈겨울 나그네〉, 그리고 크리스마스.

"겨울이 되려면 아직 멀었는데."

시에나의 말을 흘려들으며, 대니는 〈겨울 나그네〉를 따라 부른다.

"이 노래, 무슨 뜻이에요?"

제1곡이 끝났을 때, 니나가 묻는다.

"제1곡, 밤 인사. 낯선 사람으로 이곳에 왔다가 낯선 사람으로 이곳을 떠난다. 덧없는 봄날에 소녀는 사랑을 꿈꾸었고, 어머니는 결혼을 이야기했다. 그러나 이제 길은 흰 눈으로 덮여 있다. 어디로 가야 할지도 모르는 채, 나는 어둠 속으로 혼자 길을 떠난다. 달빛에 의지하며 풀밭에 난 짐승의 발자국을 따라간다. 쫓겨날 때까지 여기 머물러 있을 수는 없다. 사랑은 방황을 좋아하는 법. 그리하여 다음으로 옮겨 가도록 하나님이 정해주신 것. 사랑하는 자여, 안녕. 그대의 꿈, 그대의 휴식을 방해하지 않으리. 발소리 들리지 않게 조용히 문으로 가서, 안녕이라고 쓰리라. 그대가 그것을 보고 내 마음을 알 수 있도록."

"흠."

대니의 해설을 들으며 니나는 토마토를 먹는다. 톡톡, 하고 입 안에서 크리스마스가 터진다. 토마토를 다 삼킨 후 니나는 다시 묻는다.

"대니 아저씨는 지금도 물 속에서 숨을 쉴 수 있어요?"

"그럴 리가 있어. 난 이제 어른인데."

대니는 슬픈 듯한 미소를 짓는다.

"어른이 되면, 불가능해지는 거예요?"

"아마, 그런 것 같아."

"그런데 물의 아이라는 건 뭐예요?"

대니는 도와달라는 표정으로 시에나를 바라본다.

"그냥 물의 아이야. 토마토가 그냥 토마토인 것처럼. 그런 말이 어디에서 나왔는지는 모르겠지만, 난 대니를 그렇게 불렀어."

"시에나는 대니를 잊지 않았어요?"

"응. 크리스마스는 해마다 오잖아."

프리츠 분덜리히가 제24곡, 거리의 악사를 끝으로 노래를 마쳤을 때, 대니는 소파에 누워 잠이 들어 있었다.

"와인 두 잔만 마시면 바로 자버린다니까."

시에나는 푸른 체크무늬가 있는 얇고 하얀 천을 대니에게 덮어준다.

"그냥 자게 내버려둬도 돼요?"

니나는 깊은 잠에 빠져든 대니를 바라보며, 숨은 제대로 쉬고 있는 건가, 의심한다. 하지만 물 속에서 숨을 쉬는 사람이라면, 공기 중에서 숨을 쉬지 않을 수도 있는 거겠지.

"삼십 분 정도 지나면 일어날 거야. 그보다 니나, 나한테 묻고 싶은 게 있지?"

니나는 잠시 머뭇거리다가, 용기를 내어 말한다.

"저기, 대니는 시에나의 연인이에요?"

시에나는 잠깐 생각한다.

"굳이 말하자면 두 번째 연인이라고 해야 할까."

"두 번째 연인이요?"

"이를테면 슈베르트처럼."

"슈베르트?"

"그래. 난 바흐를 가장 좋아하지만 항상 슈베르트를 듣잖아?"

니나는 어떤 말을 해야 할까 망설인다.

"첫 번째라는 건 가끔 바뀌기도 하잖아. 그만큼 좋아하면, 그만큼 상처를 받기도 하니까, 어느 날 문득 감당할 수 없게 되거나 지겨워지면 그것으로부터 도망쳐버려. 하지만 두 번째는 늘 그 자리에 있고, 좀처럼 바뀌지도 않아."

"그래요……?"

니나는 여전히 이해가 가지 않지만, 고개를 끄덕여본다.

"하지만 좀 슬퍼질 때도 있어. 내가 대니에게, 또 대니가 나에게 상처를 주지 못한다는 게. 아니, 이제 더 이상, 이라고 해야 하나. 대니에게 받을 수 있는 상처는 어린 시절에 이미 다 받아버린 거니까."

"시에나는 대니를 용서했나요?"

"결국 그 상처 때문에, 대니는 나의 첫 번째 연인이 될 수 없었던 거야. 그리고 난 대니를 용서할 수 있었던 거지. 그래서 대니는 언제까지나 두 번째가 되었고, 더 이상 상처를 주지 못하게 되었어. 하지만 누군가를 행복하게 만들 수 있는 사람은, 그 누군가를 상처 입힐 수 있는 사람이거든."

니나는 이제 질문을 포기하고, 달빛을 받아 빨간 해처럼 빛나고 있는 토마토를 바라본다. 달빛이 자신을 비추거나 말거나, 토마토는 자란다. 남아메리카의 안데스 산맥에서도 자라고, 시에나의 정원에 있는 작은 텃밭에서도 자란다.

seventeen ★ *lesson 5*
지상에서 가장 슬픈 음악

모두들 알고 있는 사실이지만, 운명은 가끔 장난을 친다. 그 장난이 때로 가혹하게 여겨지는 것은, 운명의 본성이 어린아이와 같기 때문이다. 운명은 순간적인 충동에 의해 재미있겠다 싶은 일을 저질러버리지만, 그 결과에 대해서는 무관심하다. 잘잘못에 대한 개념이 없을 뿐더러, 뉘우치지도 않는다. 누군가 상처를 입고 누군가 다치고 누군가 죽어버리는 일들에 대해, 운명은 '내 알 바 아니다.'라고 말한다. 사실 그런 일들이 일어나기도 전에, 그는 이미 다른 재미있는 일을 찾아 떠나버린다.

구스타프 말러의 가장 위대한 작품으로 손꼽히는 〈교향곡 제6번〉의 마지막 악장을 둘러싼 이야기는, 운명의 가혹한 천진난만함을 직설적으로 보여준다. 말러는 마흔두 살에, 오스트리아 풍경화가 안톤 쉰틀러의 딸 알마와 결혼했는데 그때 알마는 스물세 살이었다. 말러가 세상을 떠난 후 알마는 남편에 대해 '그는 태어날 때부터 자기중심적인 사람이었고, 나는 줄곧 거기에 끌려 다녔다.'라고 얘기했지만, 말러는 자신의 방식으로, 즉 나름대로 어린 아내를 사랑했다고 전해진다. 〈교향곡 제6번〉이 완성된 후 말러는 이 곡을 알마에게 들려주며, '영웅의 머리에 운명의 타격이 세 번 가해진다. 마지막 일격으로 그는 나무처럼 쓰러진다.'라고 설명했다. 이때 그의 나이는 마흔넷이었다.

그로부터 삼 년 후인 1907년, 구스타프 말러의 운명은 마치 작정이라도 한 듯 그의 삶에 세 번의 타격을 가한다. 십 년간 몸담아온 빈 오페라 하우스의 디렉터직을 사임하게 되는 사건이 일어나고, 곧이어 그가 끔찍하게 사랑하던 큰딸 마리아가 성홍열과 디프테리아로 시달리다가 세상을 떠나고, 마지막으로 그 자신이 심장병을 얻어 죽음을 선고받는다. 그리고 이 모든 일은 모두 같은 해에 일어났다.

"그럼 말러는 그 해에 죽은 건가요?"

니나는 말러의 〈교향곡 제6번〉이 끝나기를 기다렸다가, 궁금했던 것을 묻는다. 시에나의 정원은 이미 가을빛으로 흠뻑 젖어 있다.

"아니. 그 후에 사 년을 더 살았어. 그리고 죽기 일 년 전에, 6번 교향곡의 마지막 악장을 고쳤지."

시에나는 커다란 바구니에 담긴 색색가지의 털실뭉치를 만지작거리며 대답한다. 그녀는 동그란 털실뭉치를 좋아한다. 하지만 그것으로 스웨터 같은 걸 짜지는 않는다. 그저 공처럼 동글동글하고 말랑말랑한 털실의 감촉이 좋아서, 가을이 오면 바구니 가득 색색가지의 털실을 담아놓곤 한다. 남들이 커다란 바구니에 과일을 담아놓는 것처럼.

"고쳐요? 어떻게요?"

"처음 작곡될 당시에는 마지막 악장의 피날레에 세 번의 타격이 있었어. 거대한 망치로 무엇인가를 때리는 듯한 소리가 세 번 나는 거지. 하지만 말러는 세 번째의 타격을 없애버렸어. 이미 일어난 일은 어쩔 수 없지만, 앞으로 다가올 죽음은 피하고 싶었던 건지도 모르지."

"그는 죽음을 두려워했나요?"

"그랬던 것 같아. 그 사람은 여덟 개의 교향곡을 완성한 다음 〈대지의 노래〉를 작곡했는데, 그 곡에 번호를 붙이지 않았어. 베토벤과 브루크너가 9번 교향곡을 완성한 후 죽었기 때문에, 자신도 그렇게 될까 봐 무서웠던 거야. 〈대지의 노래〉가 완성되고 〈교향곡 제9번〉을 끝낸 후, 〈교향곡 제10번〉을 만들면서 알마에게 그 이야기를 털어놓았지. 사실은 〈대지의 노래〉가 아홉 번째 교향곡이라고. 그는 그것으로 위기가 사라졌다고 생각했지만, 〈대지의 노래〉의 초연도 듣지 못한 채, 열 번째 교향곡을 완성하지도 못한 채 세상을 떠났어."

죽음을 의연하게 맞이하려던 사람도, 죽음을 극도로 두려워하던 사람도, 결국 사라진다. 그들이 사라지고 세월은 또 흐른다. 그런 생각을 하자, 나나는 문득 삶이 까마득히 멀어지는 것처럼 여겨진다. 그래서 말러의 다른 이야기를 묻는다.

"큰딸이 죽었다면, 다른 아이들도 있었던 건가요?"

"그래. 마리아의 동생 안나가 있었어. 그런데 말러는 마리아가 죽기 몇 년 전에 〈죽은 아이를 그리는 노래〉라는 곡을 만들었지. 알마는 그런 남편을 이해할 수 없었어. 아이를 가진 사람이 어떻게 그런 곡을 만들 수 있는지 말이야. 그리고 그 일이 현실이 되어버렸을 때, 커다란 충격에 휩싸였지."

"그럼 말러는 결국 자기가 쓴 곡대로 되어버린 거네요."

니나의 말에, 시에나는 잠자코 고개를 끄덕인다.

"말러의 마지막은 어땠어요?"

말러의 아내도, 말러의 두 딸도, 이제 지상을 떠났다. 아무리 피하려고 해도, 죽은 이들의 이야기는 죽음으로 귀결된다.

"굉장한 폭풍우가 치던 한밤중이었고, 그의 몸은 오랜 투병생활 때문에 약해질 대로 약해져 있었어. 죽기 직전에 그는 멍하니 허공을 바라보며 가까스로 손가락 하나를 들어 올려 흔들었는데, 사람들은 그가 지휘를 하고 있다고 생각했지. 그 지휘에 만족한 건지, 그의 입가에 희미한 미소가 떠올랐고, 입술 사이로 모차르트의 이름이 두어 번 새어 나왔어. 그게 마지막이었지. 쉰한 살이었어."

자신의 운명이 자신이 만든 곡대로 흘러가리라는 것을 말러가 알았다면, 그는 보다 아름답고 행복한 곡들을 작곡했을지도 모른다. 그러나 때로 아름다운 곡들은 가장 깊은 슬픔에서 우러나온다. 운명은 그것을 예상하고 있는 것일까? 우리는 아직 그 답을 모른다. 시에나와 니나가 자신들을 찾아올 운명을, 운명이 계획하고 있는 사소한 장난을 아직 눈치 채지 못한 것처럼.

그 일은 여름이 끝나기 전, 대기가 온통 더운 열기로 휩싸여 있던 때 일어났다. 대니는 그날 시에나와 함께 사과나무를 보러갈 예정이었다.

"사과나무에 사과가 달려 있는 걸 본 적 있어?"

시에나가 그렇게 말했기 때문에, 대니는 하루 만에 다녀올 수 있는, 사과가 달려 있는 사과나무들이 있는 곳을 찾아냈다. 대니는 언제나 시에나가 원하는 것은 무엇이든 해주고 싶었다. 어느 날 훌쩍 시에나를 떠나는 날이 또다시 오기 전까지는.

하지만 두 사람이 사과나무를 보러 가기로 한 날 아침, 대니가 시에나를 데리러 왔을 때, 시에나는 침대에 누워 있었다.

"새벽에 갑자기 알러지가 심해졌어. 열도 나고, 눈도 아파."

대니는 시에나의 체온이 38.2도라는 걸 확인하고, 사과나무를 보러 갈 수 없다는 사실을 깨달았다. 시에나는 대체로 건강한 편이어서 좀처럼 감기를 앓는 일도 없지만, 일 년에 서너 번씩 불현듯 찾아오는 알러지는 그녀를 꼼짝 못하게 만들곤 했다.

"딱히 특별한 원인이 있는 건 아니야. 아무 이유도 없이 갑자기 쓸쓸해질 때가 있는 것처럼, 그냥 갑자기 재채기가 나고 열이 나거든. 그리고 온몸에서 힘이 빠져버려. 풍선에서 바람이 빠지는 것처럼."

"언제부터 그런 증상이 나타났는지, 혹시 기억 나?"

대니의 말에 시에나는 고개를 저었다. 하지만 대니는 아주 오래전 두 사람이 강으로 갔던 그날, 시에나를 붙잡으려다가 자신이 물에 빠졌던 그날, 그렇게 해서 물의 아이라는 것을 처음으로 알게 되었던 그날 이후 시에나에게 원인을 알 수 없는 알러지 증상이 시작되었다는 것을 알고 있었다.

"어떻게 할까? 내가 옆에 있어줄까?"

대니는 물었지만, 시에나는 다시 고개를 저었다.

"크레타로부터 이곳으로, 이 신전으로, 이 성스러운 곳으로 오라. 거기서 그대는 사과나무와 유향이 피워진 제단이 있는, 매혹적이고 아름다운 숲을 발견할 것이다. 시원한 물줄기가 사과나무 가지 사이로 나지막이 속삭이는 곳……."

"……장미가 그늘을 내리고 가볍게 움직이는 나뭇잎에서 무거운 잠이 가라앉는다. 사포의 시였지? 아프로디테의 신성한 숲을 노래한."

"응. 그곳으로 가서, 사과가 달린 사과나무를 보고, 얘기해줘. 난 조금 전에 약을 먹었으니까 곧 잠이 들 거야."

대니는 그렇게 하겠다고 약속하고, 시에나를 남겨두고 혼자 사과나무를 보러 갔다. 하지만 그날 대니가 만난 것은 사과나무뿐만이 아니었다.

"이제 어떤 음악을 들을까?"

말러가 끝난 자리에 오랜 침묵이 이어지고 있다. 시에나는 초록색과 오렌지색 털실뭉치의 털실을 한꺼번에 풀었다 감았다 하면서 니나를 바라본다.

"말러를 생각하니까 왠지 쓸쓸해져요. 이제부터 말러를 들을 때마다, 힘없이 허공을 휘젓는 그의 손가락이 기억날 것 같아요."

"쓸쓸할 때는 슬픈 음악을 듣게 된다고, 얘기한 적 있었나?"

니나는 금방이라도 털실뭉치를 헤치고 작은 고양이가 나타날 것 같다는 생각을 하면서 고개를 젓는다.

"시에나는 지상에서 가장 슬픈 음악이 뭐라고 생각해요?"

니나의 질문에, 시에나는 잠깐 생각한다.

"글쎄, 에바 캐시디가 부르는 〈Autumn leaves〉나 피아졸라의 탱고, 찰리 헤이든의 콘트라베이스와 팻 메시니의 기타가 함께한 곡들, 그리고…… 지네트 느뵈의……."

거기까지 말하고, 시에나는 흠칫, 스스로 놀란 듯 입을 다문다.

"지네트……?"

니나의 말을 듣지 못한 것처럼, 조금 건조한 목소리로, 시에나가 다시 말을 잇는다.

"흔히 하이페츠가 연주하는 비탈리의 샤콘느를 지상에서 가장 슬픈 음악이라고 하잖아?"

"그 얘기라면 나도 들은 적이 있어요."

니나는 지네트에 관한 것을 금방 잊어버리고, 일어나서 한쪽에 쌓여 있는 앨범들을 뒤져, 하이페츠를 찾는다.

"그런데 하이페츠는 오래 살았나요?"

"여든여섯 살까지 살았어."

"그 사람, 불행했나요?"

"글쎄…… 아주 어릴 때부터 바이올린을 연주했고, 열여섯 살에 카네기 홀에서 데뷔무대를 가졌고, 그 한 번의 콘서트로 세계무대의 정상에 올랐고, 특별한 문제없이 줄곧 정상의 자리를 지켰지. 바이올린을 시작한 게 세 살 때였으니까, 팔십삼 년 동안 바이올리니스트로 살았던 거야."

'그런 생은 행복할까, 아니면 불행할까. 태어날 때부터 바이올리니스트가 되도록 정해져 있는 운명을 산다는 건.' 니나는 그런 생각을 하면서 앨범을 만지작거린다. '하지만 운명이란 원래 다 그런 건지도 몰라. 우리가 모르고 있을 뿐, 이미 정해져 있는 것인지도.'

"그럼 그 사람은, 살아 있을 때 이미 명예를 얻었겠네요?"

"열한 살의 하이페츠가 차이코프스키를 연주했을 때, 당시 전성기를 누리고 있던 크라이슬러가 친구에게 말했대. 우린 이제 우리 악기를 부숴버리는 게 낫겠어, 라고. 하이페츠가 나타난 후, 그 시대의 바이올리니스트들은 모두 큰 좌절을 겪어야 했지. '나는 하이페츠가 될 수 없다.'는 좌절 말이야."

시에나의 무릎 위에 놓인 털실뭉치들은 어쩐지 고양이가 되지 못해 괴로워하고 있는 것처럼, 가끔 소파 위로 또르르 굴러가면서 초록과 오렌지색의 흔적을 남긴다.

니나의 일기에 제이라고 기록되는, 그래서 우리가 제이라고 알고 있는 그 남자를 기억하고 있는지? 제이는 그의 이니셜도 무엇도 아니고, 우리는 그의 진짜 이름을 모르고 있지만, 어쨌거나 제이라고 불리는 그 남자는, 대학을 졸업하자마자 삼 년 동안 사귄 여자친구와 약혼식을 올리게 되어 있었다. 그날, 그러니까 대니가 시에나를 남겨두고 혼자 사과나무를 보러 간 날, 제이는 여자친구와 함께 약혼식에 사용할 약혼반지를 사러 가기로 했다. 하지만 반지를 고르다가 두 사람은 가벼운 말다툼을 하게 되었다.

말다툼의 원인은, 그저 약혼을 앞두고 반지를 사러 간 연인들이 흔히 벌이는 종류의 것이었다. 즉 가능하다면 간단한 디자인의 검소한 반지를 사려 하는 남자와, 평생에 한 번뿐인 약혼식에 좀더 화려하고 비싼 반지를 끼고 싶어 하는 여자 사이에서 일어나는 말다툼이었다. 자신의 형편을 뻔히 알면서 고집을 부리는 여자친구를 보며, 제이는 문득 이 모든 일들이 자신과는 상관없이 무작정 흘러가고 있다는 생각이 들었다. 마치 커다란 물살에 휩쓸려, 가고 싶지 않은 바다로 가게 된 한 마리의 작은 물고기가 된 심정이었다. 강에서만 살던 그 물고기는 바다로 가게 되면 죽어버릴지도 모르는데.

제이는 아무런 해명도 없이, 여자친구를 가게에 남겨두고 훌쩍 그 자리를 나와버렸다. 여자친구는 너무나 기가 막혀, 미처 제이를 잡을 생각도 하지 못했다. 밖으로 나온 제이는 가을빛으로 흠뻑 젖어 있는 하늘과 마주쳤다. 도심의 높은 빌딩 사이로 보이는 푸른 하늘은, 제이에게 잊어버리고 있던 것들을 일깨워주었다. 아니 일깨워줄 것처럼 보였다. 제이는 생각날 듯하다가 다시 사라져버리는 그 무엇을 잡기 위해, 하늘이 좀더 잘 보이는 곳으로 가야겠다고 마음먹었다. 그가 시외버스 터미널로 간 것은 그의 의지였지만, 사과나무가 있는 곳으로 가게 된 것은 그러나 순전히 우연이었다. 적어도 제이에게는 그랬다. 그리고 그 순간, 운명은 제이의 어깨 위에서 장난기 머금은 미소를 짓고 있었다.

사과나무가 있는 곳에 도착한 제이는, 가방 속에 넣고 다니던 카메라를 꺼내어 나무에 매달린 사과들을 찍기 시작했다. 한동안 제이는 무엇인가에 홀린 듯 미친 듯이 사진을 찍었다. 제이의 카메라에 배터리가 떨어지기 직전, 제이의 프레임 속으로 대니의 모습이 들어왔다. 두 사람은 서로를 보았다.

"죄송합니다."

그들은 동시에 사과를 했고, 동시에 웃음을 터뜨렸다.

"일부러 찍으려던 건 아니었는데……."

제이의 말에, 대니는 알고 있다는 듯 고개를 끄덕였다.

"잘 나왔습니까?"

대니의 말에, 제이는 방금 찍은 사진을 확인하려고 했지만, 이미 배터리가 나가버린 후였다. 난감해하는 제이에게, 대니는 활짝 웃으며 사진을 보내줄 수 있느냐고 물었다. 제이는 대니의 아이처럼 밝은 웃음이 좋았다. 대니도 제이의 어딘지 수줍어하는 듯한 표정이 좋았다. 대니는 자신의 이메일 주소를 건네주면서, 사과가 매달린 사과나무 사진을 함께 보내준다면 자신의 친구가 기뻐할 거라고 말했고, 제이는 기꺼이 그렇게 하겠다고 대답했다. 두 사람은 그렇게 만났다. 그리고 운명은, 그들의 만남을 즐겁게 지켜보면서, 이미 또 다른 시나리오를 쓰고 있었다.

"몸 밖으로 자꾸만 빠져나오려는 슬픔을 꾹꾹 누르고 있는 것 같은 느낌이에요."

하이페츠가 연주하는 비탈리의 샤콘느가 끝나자, 니나는 한숨을 쉬며 말한다.

"하이페츠는 어릴 때부터, 연주를 하면서 얼굴에 표정을 드러내면 안 된다고 아버지에게 교육받았어. 모든 감정은 오로지 바이올린을 통해서만 나타내야 한다는 이야기를 항상 들으면서 자란 거지. 그래서 그는 연주를 할 때, 꼼짝도 않고 서서, 얼굴에 아무 표정도 띠지 않고, 오른쪽 팔꿈치를 높이 든 자세를 끝까지 유지한 거야. 사람들은 그의 연주를 '현란한 차가움'이라거나 '차가운 백열등'이라고 표현했어. 냉정함 뒤에 가려진 열정 같은 거겠지."

이제 바구니 속의 털실뭉치들은 온통 헝클어져 있다.

"그 사람, 어린 시절이라는 게 없었겠죠?"

"다른 사람들과 비슷하진 않았겠지. 아버지의 열성과 자신의 재능 때문에 모든 삶을 바이올린에 걸어야 했으니까. 하이페츠 자신도 신동으로 길러진다는 건 치명적인 병을 얻은 것과 같다고 했어. 자신이 거기에서 살아난 것은 기적이라는 거지. 하지만 어른이 된 후에, 그는 자기가 해보지 못한 일들을 거의 해봤다고 해. 책을 읽고, 테니스와 골프를 치고, 자전거와 보트를 타고, 수영을 하고, 한때는 사진 찍는 것을 무척 좋아했어."

니나에게 있어 '사진'이라는 단어는 제이를 각인시키는 가장 첫 번째 코드이다. 니나는 무엇인가에 깜짝 놀란 사람처럼, 마치 도움을 청하는 듯한 눈으로, 시에나를 바라본다.

"……그 후로, 만난 적이 없니?"

시에나가 조용히 묻고, 니나는 조용히 고개를 흔든다.

"그 모임에도 나가지 않았어?"

"몇 번인가 모임이 있었지만, 그 사람은 오지 않았어요."

니나의 목소리가 조금 흔들린다.

"바쁜가 보구나."

시에나는 무릎 위의 털실뭉치들을 바구니에 집어넣고, 니나에게 다가가서 가만히 어깨를 두드린다.

"네. ……졸업논문…… 약혼 준비……."

니나는 울지 않으려고 시에나의 정원으로 시선을 돌린다. 작은 새 한 마리가 종종걸음으로 정원을 가로질러 걸어간다. 시에나는 리모컨을 들어 플레이버튼을 누른다. 하이페츠가 연주하는 비탈리의 샤콘느가 다시 한 번 시작된다.

열아홉 살의 하이페츠가 런던 무대에 처음 서던 날, 그의 연주를 들은 극작가 버나드 쇼는 이렇게 충고했다.
"이 세상에 완벽한 것이란 있을 수 없어. 너의 연주는 너무나 완벽해서 하나님의 노여움을 살지도 모른다는 생각이 들어. 이제부터 매일 밤 잠자리에 들기 전에, 기도를 올리는 대신 틀린 음표들을 연주해 보는 게 어떻겠나."
버나드 쇼는 하이페츠의 완벽함을 위험의 요소로 이해하고 경계했다. 그토록 완벽한 연주 속에서 우리가 슬픔을 감지할 수 있으며, 그 슬픔이 어떤 사람들에게 '지상에서 가장'이라는 수식어를 달고 존재한다는 사실은 참으로 아이러니하다. 슬픔이란 어떤 것에 대한 결여에서 솟아오를 뿐 아니라, 너무나 완벽한 것으로부터 발현될 수도 있는 것일까?
시에나와 니나가 공유하고 있던 따뜻한 시간들, 때로 지상의 것이 아닌 듯한 평화, 시간과 공간을 초월한 특별한 형태의 애정이 점점 무르익어가는 사이, 운명이 준비한 그 만남은 점점 구체적인 모습을 띠고 그들에게 다가오고 있었다.

 니나와 시에나가 하이페츠의 앨범을 몇 번인가 되풀이해서 들었던 그날 저녁, 니나가 돌아가고 난 후, 시에나는 대니의 전화를 받았다.

 "친구가 생겼어. 언제 한번 데려가도 될까?"

 대니의 말에, 시에나는 흔쾌히 두 사람을 초청했다. 대니는 기쁜 마음으로 제이에게 그 사실을 알렸고, 제이는 대니의 친구를 위해 몇 장의 사과나무 사진을 인화했다. 시에나는 니나도 그 자리에 부를 생각이었다. 이들의 만남을 준비하며 가을은 더욱 깊어져 갔고, 지상에서 가장 슬픈 음악은 지금도 되풀이되고 있다.

seventeen ★ *lesson 6*
사랑받지 않기 위한 눈물겨운 노력

가을답지 않은 습한 바람이 하루 종일 불고 있다. 바람의 한 줄기가, 시에나의 정원을 가로질러 활짝 열려 있는 집 안으로 들어온다. 소파 위에 펼쳐진 책의 페이지를 바람이 몇 장 넘긴다.

"시에나?"

대니는 집으로 들어서며 시에나를 부른다. 그러나 대답은 없다. 소파 위에는 시에나가 읽던 책이 놓여 있고, 탁자 위에는 시에나가 마시던 커피가 아직 온기를 머금고 있는데, 시에나의 모습은 보이지 않는다. 대니는 소파 위에 놓인 얇은 책을 집어 든다. 책의 표지에는 〈글렌 굴드, 피아노 솔로〉라고 쓰여 있다. 거실 한쪽 구석에 방치된 듯 놓여 있는 텔레비전은, 글렌 굴드가 피아노를 집어삼킬 듯 연주를 하고 있는 모습을 비추고 있다. 그러나 소리는 들리지 않는다.

"시에나?"

대니는 다시 한 번 시에나를 불러보지만, 여전히 대답은 없다.

"너무 일찍 왔나?"

대니는 아직 현관에 서 있는 제이를 돌아보며 들어오라고 손짓한다. 제이는 잠깐 곤란한 표정을 짓다가, 집 안으로 들어선다.

이 마지막 연주회를 치르고 호텔로 돌아와 그는 자신의 존재를 바라보았다. 저녁에 의자 위에 개켜져 있는 자신의 옷들을 바라보며, 어떻게 이 요란하게 번쩍이는 이상한 옷을 온종일 필요로 했을까 하고 스스로 묻듯이 말이다. 자신이 이룩하고 얻은 것, 소유하게 된 것이 무슨 소용이 있을까? 미지의 무엇이 그에게 손짓을 했다.
사물들에 다른 윤곽을 부여해야 했다. 그건 다른 이들로부터 떨어져 나와야 함을
의미했다. 음악 속에 잠겨 있는 연주홀의 이 그림자들뿐 아니라 모든 이들로부터.
또한 사랑이 무엇인지 자신에게 끊임없이 묻는 일을 그만두어야 했다.
"날 사랑하나요?" 하고 물으며, 독주자는 쉬지 않고 애원하고 쓰다듬고
으르렁대기도 한다. 하지만 그의 물음은 다른 것,
즉 그가 정말로 살아 있느냐 하는 것이었다.

– 미셸 슈나이더, 〈글렌 굴드, 피아노 솔로〉 중에서

"날 사랑하나요?"

누군가에게 그런 질문을 한 적이 있다. 질문을 받은 사람은 슬픈 미소를 지으며 시에나를 가만히 바라보았다. 그 미소가 견딜 수 없어서, 시에나는 재빨리 고개를 흔들고 피아노 앞에 앉았다. 하지만 모차르트도 슈베르트도 브람스도 기억나지 않았다. 그렇게 해서 그 어색하고 슬프고 막연한 침묵이 시작되었다. 두 사람이 무슨 이야기를 할까 망설이는 사이에 침묵은 점점 깊어져서, 마침내 그들의 힘으로 어떻게 할 수 없을 만큼 커져버렸다. 시에나는 피아노 앞에 가만히 앉아서, 그가 문을 열고 밖으로 나가는 소리를 들었다. 눈물은 나오지 않았다. 아주 오래전의 일이었다.

"날 사랑하나요?"

니나도 누군가에게 그런 질문을 한 적이 있다. 하지만 그 질문은 소리가 되지 못한 채, 니나의 마음속에서만 맴돌았다. 수백 번 혹은 수

천 번 정도 회오리바람을 그리며 맴돌았다. 그렇게 맴돌기만 한 질문에 대해 대답을 해줄 사람은 없다. 그래서 질문은 언제까지나 홀로 남아버렸다. 꿈에서조차, 니나는 그 말을 입 밖으로 꺼낼 수 없었다. 그건 그저 홀로 남아버린 질문이었기 때문이다.

그런 건 물어보지 말았어야 했다고, 긴 시간이 흐른 후에 시에나는 생각했다. '날 사랑하나요?' 라는 말을 꺼낸 그 순간, 사랑은 재빨리 어디론가 달아나버리고, 두 사람 사이에는 끝을 알 수 없는 공허만 남아 있게 되리라는 걸, 시에나도 잘 알고 있었다. 알고 있었는데도 참을 수가 없었다. 그 질문에 대한 답이 어느 쪽이래도 상관은 없었다. 어쩌면 제대로 된 대답 같은 건 처음부터 존재하지 않았을지도 모른다. 질문은 그런 거였다. 질문 그 자체로 완결되어야만 하는데, 또한 완결될 수 없는 본성을 지니고 있는 거였다.

그때 물어봤어야 했다고, 몇 번이나 니나는 생각했다. '날 사랑하나요?' 라는 질문은 밖으로 나가지 못한 채, 니나의 마음속에 땅을 파고 뿌리를 내리고 싹을 틔우고 꽃을 피우고 열매를 맺었다. 그러나 그 열매는 누구의 마음 하나 기쁘게도 슬프게도 하지 못한 채 혼자 시들어, 다시 흙이 되었다. 그리고 세상은 아무것도 변하지 않았다.

"괜찮을까요? 아무도 없는 것 같은데."

제이는 소파 앞에서 걸음을 멈추고 집 안을 둘러본다. 낮은 책장 몇 개로 분리된, 하나로 탁 트인 공간 안에 거실과 부엌, 책상과 피아노, 오디오와 낮은 소파와 옷장이 놓여 있다. 정원을 향해 활짝 열린 유리문으로 가을답지 않은 습한 바람이 불어온다.

"괜찮아."

대니는 소파 위에 털썩 앉아 책의 페이지를 앞뒤로 넘겨본다. 가끔 밑줄이 그어진 부분이 나올 때마다, 대니의 손은 움직임을 멈춘다. 제이도 대니의 건너편에 앉는다. 후두둑, 하고 갑자기 빗방울이 떨어지기 시작하더니, 곧 요란스러운 빗소리가 공기를 채운다. 그 소리에, 대니는 자리에서 벌떡 일어나서 밖으로 나가려다가, 현관 옆에 놓인 우산꽂이 앞에서 걸음을 멈춘다.

"어떤 것이 좋을까?"

대니는 잠깐 망설이더니, 아무런 장식도 없는 크고 하얀 우산을 골라 든다.

"데려올게."

대니는 우산을 들고 나가고, 제이는 혼자 남겨진다.

'데려오다니? 대니는 시에나가 어디 있는지 알고 있는 걸까?'

대니가 소파 위에 던져두고 간 책을 향해 제이가 막 손을 뻗으려는 순간, 전화기가 울린다. 제이는 번호를 확인하고, 자신도 모르게 얼굴을 찌푸린다. 벨소리는 지칠 줄 모르고 울리고, 끊어졌다가 또 울린다.

"네."

어쩔 수 없이, 제이는 전화를 받는다.

"도대체 왜 그러는 거야?"

전화기 너머에서, 격한 감정이 실린 목소리가 빗소리를 뚫고 쏟아진다. 제이는 대답하지 않는다. 대답을 하고 싶어도, 할 이야기가 없다.

"뭘 어쩌자는 거야? 나더러 어떡하라는 거냐고."

'너한테 뭘 어떻게 하라는 거, 없어.' 제이는 생각한다.

"······여보세요? 듣고 있어?"

제이는 묵묵히 고개를 끄덕이고, 가만히 전원을 끈다.

'나는 정말 왜 이러는 걸까. 뭘 어쩌자는 걸까.'

이제 곧 졸업이고, 그녀는 삼 년을 기다렸다. 약혼식 같은 건 생략하고 싶었지만, 당장 결혼식을 올릴 수 없다면 약혼식만이라도 해야 한다고 사람들이 말했다. 사람들? 어떤 사람들? 제이는 멍하니 허공을 응시한다. 삼 년을 기다려온 그녀가 그렇게 해야 한다고 했다. 그녀의 부모가, 친구들이, 친척들이, 그렇게 말했다. 제이는 아무 말도 하지 않았다. 그는 뭘 어떻게 하고 싶지도 않았다. 그저 사람들이 자신을 가만히 내버려두어 줬으면, 그것만 바라고 있는 것이다.

> 그는 마치 자신과 음악 사이에 더 이상 피아노가 존재하지 않기를 바라며
> **피아노 속에 자신을 지우고 융해시켜버리려는 것 같다.**
> '피아노 앞에 앉은 글렌 굴드'가 아니고, '글렌 굴드, 피아노 솔로'인 것이다.
> — 미셸 슈나이더, 〈글렌 굴드, 피아노 솔로〉 중에서

대니도 시에나도 돌아오지 않고, 열린 창으로 빗줄기가 들이닥친다. 그리고 집 안은 점점 어두워진다. 제이는 불을 켜야겠다고 생각하며 전등 스위치를 찾는다. 스위치를 올릴 때마다 톡, 톡, 하고 불이 하나씩 들어오면서 예기치 않은 곳들을 밝힌다. 거실의 한가운데는 아직 희미한 어둠 속에 잠겨 있는데, 식탁이라거나 피아노 같은 것들이 불빛을 받고 반짝거린다. 제이의 시선은 식탁 위에 머문다. 누군가, 아마 시에나겠지만, 요리를 하려고 준비를 해둔 듯, 몇 가지의 정갈한 재료들이 식탁 위에 놓여 있다. 색색가지의 파프리카, 신선한 아스파라거스, 어린 양상추, 몇 종류의 허브 같은 것들이다. 제이는 자신도 모르게 식탁으로 가서, 재료들을 하나씩 만져본다.

제이는 〈라 메르La Mer〉라는 이름의 프랑스 레스토랑에서 일을 한 적이 있었다. 등록금을 내기 위한 아르바이트였다. 테이블이 다섯 개뿐인 그 레스토랑의 주인이자 주방장인 마르셀은 프랑스인이었다. 레스토랑의 이름대로, 메인 메뉴는 해산물 요리였고, 저녁 다섯 시 반부터 열 시 반까지 영업을 하고, 예약손님만 받으며, 하루에 아홉 테이블을 넘기지 않는다는 것이 마르셀의 원칙이었다.

제이의 일은 매일 요리에 필요한 재료들을 준비하고 다듬고 설거지를 하는, 말하자면 주방장 보조 같은 것이었다. 매일 다섯 시간씩 마르셀과 같은 공간에서 지내며, 제이는 아삭아삭하고 촉촉한 샐러드와 그에 어울리는 소스를 만드는 방법이라거나, 생선의 모양을 흐트러뜨리지 않고 먹음직스럽게 굽는 요령이라거나, 오징어와 홍합의 맛을 가장 잘 살릴 수 있는 오븐의 온도 같은 것들을 알게 되었다. 물론 마르셀이 친절하고 다정하게 제이에게 요리를 가르쳐준 것은 아니었다. 그의 입장에서 보면 제이는 말도 잘 통하지 않는 외국인일뿐더러, 그는 프랑스인답지 않게 무뚝뚝한 성격이었던 것이다. 제이도 특별히 요리를 배울 생각 같은 건 없었다. 하지만 요리를 할 때의 마르셀의 움직임이 너무나 현란하여, 자신도 모르게 넋을 놓고 보지 않을 수가 없었다.

그는 마치 거대한 오케스트라의 지휘자처럼, 현란한 조명을 받으며 역동적인 춤을 추고 있는 무대 위의 뮤지컬 배우처럼, 커다란 모자 속에 토끼를 감춘 마술사처럼 움직였다. 그와 요리 사이에는 벽이 존재하지 않았다. 그는 요리 속에 융해되고, 요리 안에서 사라졌다. 마르셀은 '어떻게' 요리를 할 것인지에 대해 고민하지 않았다. 그는 머리 끝에서 발끝까지 본질적인 거대한 질문에 사로잡혀 있는 것처럼 보였다. '왜?'라는 질문이었다. 그리고 마지막에 남는 것은 한 접시의 거룩한 메인 디시였다.

그런 모습을 수없이 되풀이하여 보고 있는 사이, 제이는 자신도 모르게 다양한 요리 기법들을 배우게 되었다. 제이는 타고난 오른손잡이였지만, 요리를 할 때만은 왼손을 사용했다. 마르셀의 맞은편에서 그를 보며 그의 움직임을 익혔기 때문에, 제이는 오른손 대신 왼손을 사용하게 된 것이다.

> 다른 사람들은 '어떻게?'를 물으며 음악을 연주하는 듯하지만
> **그는 '왜?'를 물으며 연주했다.** 사람들이 자원을 고안해내듯이
> 그는 고통에 대한 조처를 미리 강구했다. 그리고 아이들이 변장을 하듯
> 경멸을 길러나갔다. 자신이 육신을 가졌다는 사실을 잊을 만큼
> 자신의 영혼에 의해 사로잡히기를 바랐다.
> — 미셸 슈나이더, 〈글렌 굴드, 피아노 솔로〉 중에서

대니와 시에나가 돌아왔을 때, 식탁 위에는 정갈한 음식들이 차려져 있었다. 요리를 마친 제이는 소파에 기대어, 텔레비전 속의 글렌 굴드를 바라보고 있었다. 그의 커다란 손 앞에서 피아노는 한없이 여리게 보였다. 희고 검은 건반들은 마치 사냥개에게 몰린 토끼처럼, 금방이라도 잡힐 듯 아슬아슬하게 굴드의 손으로부터 도망치고 있었다.

"오래 기다렸지?"

비에 흠뻑 젖은 대니의 뒤로, 역시 흠뻑 젖은 시에나가 들어온다. 제이는 엉거주춤 일어나서 두 사람을 맞는다. 시에나는 제이에게, 마치 오래전부터 알던 사이에게 하듯, 가벼운 목례만 하고 목욕탕으로 들어간다. 이상하게도 제이는 그 순간 시에나의 눈에서 얼핏 눈물을 보았다고 생각한다.

냉장고를 열고 차가운 물을 꺼내 벌컥벌컥 들이켜던 대니는 식탁

위에 차려진 음식들을 발견한다. 제이는 자신이 주인의 허락도 구하지 않고 멋대로 행동했다는 것을 갑자기 깨닫고, 당황한 표정으로 대니의 반응을 살핀다. 하지만 대니는 별로 이상할 것도 없다는 듯 아무렇지도 않은 얼굴을 하고, 식탁을 지나쳐 와인들이 놓여 있는 선반으로 가서, 신중하게 와인을 고른다.

"어디까지 갔다 온 건가요?"

"강."

제이의 말에, 대니는 짧게 대답한다. 그 대답 속에, 더 이상 말해줄 것이 없다는, 또는 더 이상 묻지 말라는 의미가 포함되어 있다는 것을 제이는 느낀다.

"글렌 굴드는 목욕을 할 때도 장갑을 꼈던 거, 알아?"

수건으로 머리카락의 물기를 닦으며, 누구에게랄 것도 없이, 목욕탕에서 나온 시에나가 말한다.

"글렌 굴드?"

대니는 두 병의 와인을 품에 안고 식탁으로 가며 묻는다. 시에나는 대답 대신 눈짓으로 텔레비전을 가리킨다. 시에나를 보고 있던 제이도 그녀의 눈짓을 따라 텔레비전으로 시선을 돌린다.

"손으로는 아무것도 잡지 않았대. 심지어 다른 사람이 악수를 청해도, 그걸 피했대. 파티 같은 데 가면, 악수를 하지 않기 위해서 한 손에는 와인잔을 들고, 다른 손은 주머니에 넣고 있었대."

"그 기분은 이해할 것 같지만, 목욕할 때 장갑을 끼면 답답하지 않을까."

와인을 따며, 대니가 말한다.

"그저 단순히 손을 보호하기 위해서였을까?"

시에나도 고개를 갸우뚱하며 식탁 앞에 앉는다. 그리고 그제야 생각났다는 듯이, 제이를 본다.

"어떻게 생각해?"

시에나의 질문은 제이를 향한 것이다. 제이는 잠시 생각하다가, 대답한다.

"단지 피아노를 만지는 데만 자신의 손을 쓰려고 했던 건 아닐까요?"

시에나는 제이를 가만히 바라보다가, 쿡, 하고 웃음을 터뜨린다. 제이는 자신이 멍청한 대답을 했나 싶어 얼굴이 붉어진다.

"대니."

시에나가 말한다.

"이 음식들, 분명 네가 만든 게 아니지?"

> 그는 교체도, 언쟁도, 대안도 좋아하지 않았다.
> 다른 사람들을 별로 좋아하지 않았거나, 아니면 지나치게 좋아했는지도 모른다.
> **그는 푸가, 도주, 사라져가는 것을 좋아했다.**
> – 미셸 슈나이더, 〈글렌 굴드, 피아노 솔로〉 중에서

대니와 대니의 친구를 초대했다는 시에나의 전화를 받고, 니나가 집을 나선 것은 약 한 시간 전이었다.

"대니의 친구요?"

"사과나무 친구."

니나의 질문에, 시에나는 그렇게만 대답했다.

"그런데 니나, 아발론이라는 나라에 대해 들어본 적 있어?"

"아발론이요?"

"켈트 족의 신화에 나오는 나란데, 해가 지는 곳에 있다고 그래. 이 세계와 저 세계의 중간 세계, 신들과 인간들이 함께 살아가는 세계, 한 없이 게으르고 모두가 행복한 세계. 그곳에서는 사람들이 서로 사과를 주고받는대."

니나는 해가 지는 곳에 있는 아발론이라는 나라를 상상하며, 시에나의 집으로 가고 있었다.

그 남자를 만난 것은 전철역 입구에서였다. 막 전철역으로 들어서려는데, 어디선가 바이올린 소리가 들렸다. 비탈리의 샤콘느였다. 니나는 걸음을 멈추고, 소리가 나는 쪽을 돌아보았다. 밤색 모자를 깊이 눌러쓴 남자가 길 위에서 바이올린을 연주하고 있었다.

'약속 시간까지는 아직 여유가 좀 있으니까.'

니나는 바이올린 소리를 조금 더 잘 듣고 싶어서, 그에게 가까이 다가갔다. 그리고 연주가 끝날 때까지, 십오 분쯤 그 앞에 서 있었다. 그의 음색에서는 뭐랄까, 덜 익은 열매처럼 거칠고 떫은맛이 났다. 하지만 어쩐지 마음을 당기는 데가 있었다. 그게 뭐냐고 물어보면 할 말이 없지만. 이를테면 그 떫은맛은 와인 속에 있는 타닌의 맛과 같은 것이었다. 처음에는 떫지만, 지나고 나면 향기가 느껴지는. 그 향기는 공기 중에 잠시 머물다가 조금씩 사라져갔다. 사라져간다는 느낌, 그것이야말로 무엇인가가 존재했다는 것을 확실하게 증명해준다.

연주가 끝나자, 그의 주위에 모여 있는 서너 명의 행인들은 발길을 돌렸다. 니나는 지갑에서 지폐를 한 장 꺼내어 그의 바이올린 케이스 속에 놓으며, 아직도 연주를 하던 자세 그대로 서 있는 남자를 바라보았다. 그는 기껏해야 열일곱에서 열여덟 정도 되어 보이는, 니나 또래의 소년이었다. 니나와 소년의 눈이 마주쳤고, 동시에 빗방울이 후두둑 떨어지기 시작했다.

> 이미 오래전부터 음악은 그에게 참으로 존재하며, 그를 사로잡는 유일한 것이었다. 그 밖의 것은 모두, 연주회는 한층 고통스럽게 그를 음악으로부터 갈라놓는 것이었다. 집착하는 모든 것, 만남, 아이들, 일상의 작업들과 같은 기쁨과 고통의 이 매듭들은 늘 그에게 탈주를 꿈꾸게 했다. **"아무 곳이든지, 세상 밖으로."**
> – 미셸 슈나이더, 〈글렌 굴드, 피아노 솔로〉 중에서

"밥 먹으러 갈래?"

밤색 모자를 쓴 소년이 물었다. 당연히 니나는, 그것이 자신에게 하는 말이라고는 생각하지 못했다. 하지만 소년은 니나를 빤히 보고 있었다.

"배가 고파서."

소년은 다시 그렇게 말했고, 바이올린 케이스에 담긴 몇 장 안 되는 지폐와 동전들을 주머니에 대충 쑤셔 넣은 다음, 그 속에 바이올린을 집어넣었다.

"가자."

소년은 아직도 멍하니 서 있는 니나의 한쪽 팔을 가볍게 잡고, 걷기 시작했다.

"어, 저기, 난……."

니나의 말을 듣지 못한 건지, 아니면 듣고도 못 들은 척한 건지, 소년은 니나의 팔을 잡은 손을 놓지 않고 계속 걸었다. 걸으면서 그가 말했다.

"그런 생각 한 적 없어?"

"……무슨?"

소년의 빠른 걸음을 쫓아가려고 애쓰며, 니나가 되물었다.

"어디론가 가고 싶다는 생각."

"어디로?"

"어디든지, 세상 밖으로."

그의 목소리에는, 거역할 수 없는 어떤 의지 같은 것이 배어 있었다. 아니 그것은 소년의 가장 깊은 심장으로부터 솟아오르는 것처럼 여겨졌다. 그것을 막을 수 있는 사람은, 니나와 소년을 포함하여, 아무도 없었다.

그리고 그들은 강으로 갔다. 간이매점의 파라솔 아래에서 비를 피하며, 세상 밖으로 흘러가는 강물을 바라보며, 편의점에서 사 온 도시락을 먹고 차가운 생수를 마셨다.

"글렌 굴드가 한 말이야."

소년은 강물을 응시하며 말했다. 니나는 시에나와의 저녁 약속을 떠올렸지만, 어쩐지 모든 것이 아득한 꿈처럼 비현실적으로 느껴졌다. '이미 늦었으니까, 어쩔 수 없어.' 하고 그녀는 생각했다.

"새벽 네 시에 친구들에게 전화를 걸어서, 나는 레너드 번스타인입니다, 하고 말했대."

"글렌 굴드가?"

자신의 목소리가 다른 곳에서 들려오는 것 같다고 생각하며, 니나가 물었다.

"어느 날은 캐나다 수상, 어느 날은 라디오 방송국 사장, 또 어느 날은 당신이 살고 있는 아파트 주인이라고 했대. 그리고 어떤 음악의 소절을 잠깐 들려주고, 곡명을 맞혀보라고 했대."

소년은 말을 멈추고, 어떤 멜로디를 흥얼거렸다.

"바흐의 골드베르크."

니나는 조용히 그 멜로디를 따라 불렀다.

> 그는 사랑받지 않기 위해 눈물겨운 노력을 기울였다.
> 그에게는 교활함과 동물성이 깃들어 있어, 그는 곰인 동시에
> 곰의 조련사이기도 했다. **자신을 내준다는 것은 그에게**
> **자신을 잃는 것, 유혹하기, 지옥에 떨어지는 것을 의미했다.**
> 하지만 그는 알고 있었다. 쉽게 믿는 순진한 이들을 농락하기를 거부하고
> 이들을 불쾌하게 만들 때, 이는 종종 끝없는 지배의 야심을 가리고 있음을.
> 그렇게 하기가 결코 쉽지 않기 때문에, 또 헐벗음 자체가
> 은밀한 치장이 될 수 있는 까닭이다.
> - 미셸 슈나이더, 〈글렌 굴드, 피아노 솔로〉 중에서

와인을 마신 대니가 소파에서 잠이 든 사이, 시에나와 제이는 정원에 놓인 의자에 나란히 앉아 하늘을 올려다본다. 비가 그친 하늘은 검은 보랏빛을 띠었다가, 빠른 속도로 암흑 속에 잠긴다.

"시작해도 되는 건지 안 되는 건지 생각해볼 사이도 없이, 이미 시작되어버리는 일들이 있어."

낮은 목소리로, 시에나가 말한다.

"그래서 언제나 노력이 필요해."

"무슨 노력이요?"

제이가 묻는다.

"사랑받지 않으려는 눈물겨운 노력."

여전히 텔레비전에서는 글렌 굴드가 피아노를 연주하고 있다. 혹은 피아노가 글렌 굴드를 연주하고 있다. 그 소리는 아무도 들을 수 없지만, 바흐의 골드베르크가 몇 번이고 되풀이되고 있다.

* 〈글렌 굴드, 피아노 솔로〉 미셸 슈나이더 지음, 이창실 옮김, 동문선.

seventeen ★ lesson 7
두 대의 바이올린을 위한 협주곡

그해 가을에는 많은 비가 내렸다. 비가 오는 날이면 소년은 전철역에서 비탈리의 샤콘느를 연주했고, 니나는 종종 그 앞에서 걸음을 멈추고 소년의 바이올린 소리에 귀를 기울였다. 연주가 끝나면 두 사람은 편의점에 들러 도시락과 생수, 또는 샌드위치와 녹차를 산 다음 강으로 갔다.

"가을이 끝나면 비탈리를 더 이상 연주하지 않을 거야."

샌드위치에서 햄을 골라내며 소년이 말했다.

"햄은 싫어하면서, 왜 자꾸 햄이 들어 있는 걸 사는 거야?"

소년이 골라낸 햄을 자신의 샌드위치에 끼워 넣으며 니나가 말했다.

"원래 있는 걸 빼버리는 거랑, 원래부터 없는 거랑은 다르니까."

"그럼 이제 뭘 연주할 건데?"

니나의 질문에 소년은 잠시 난감하다는 듯한 표정을 지었다.

"하고 싶은 게 있긴 한데, 혼자서는 힘들어."

"뭔데 그래?"

니나가 다시 물었다.

"바흐의 두 대의 바이올린을 위한 협주곡 D단조."

"그건, 좀 힘들겠다."

니나는 차가운 녹차를 한 모금 마시고 몸을 떨었다.

"따뜻한 커피를 마시고 싶어."

소년은 알았다는 듯이 고개를 끄덕이고 자리에서 일어섰다.

"그런데 있지, 나, 아직 네 이름을 몰라."

소년의 등 뒤에 대고, 니나가 말했다.

"뭐든, 부르고 싶은 대로 불러."

"어째서? 이름은 중요한 거잖아."

"그러니까, 네가 부르고 싶은 대로 부르라는 거야."

그렇게 말하고 소년은 간이매점을 향해 걸어갔다. 소년의 뒷모습을 보면서 니나는, 그를 무어라고 부를까, 생각했다.

"나는 그를 비오라고 부르기로 했어요."

문득 피아노에서 손가락을 떼고, 니나가 말한다. 대니는 소파에 가로누운 채 창밖을 바라보고 있다.

"비오?"

"네."

니나는 잠시 대니의 다음 말을 기다리지만, 대니는 더 이상 말이 없다. 두 사람 사이로, 흘러가는 바람 같은 가벼운 침묵이 고인다. 니나가 다시 피아노 위에 손가락을 올려놓는데, 테이블 위에 놓여 있던 전화기가 울린다. 대니의 전화기이다. 대니는 액정을 확인하고, 그대로 다시 테이블 위에 올려놓는다. 벨소리는 곧 끊어진다. 누구의 전화인데 받지 않는 거냐고, 혹시 시에나가 아니었냐고 니나가 막 물어보려는데, 대니가 입을 연다.

"비가 와서 비오인 거야?"

"아, 그러고 보니."

니나는 그래서 그런 이름이 떠오른 건지도 몰라, 생각한다.

"하지만 원래 제가 좋아하던 이름이었어요."

후후, 대니는 웃으며 소파에서 몸을 일으킨다.

"시에나가 아니야. 조금 전의 전화."

휴우, 니나는 한숨을 쉰다.

"그럼 시에나는 도대체 어딜 간 거예요?"

"지중해라도 갔겠지."

시에나의 집에 시에나는 없다. 니나가 저녁 약속을 지키지 못했던 다음 날, 시에나는 사라졌다. 대니의 말로는, 여행을 떠났다고 했다. 하지만 갑작스러운 여행의 이유에 대해서도, 행선지에 대해서도, 돌아오는 날짜에 대해서도, 대니 역시 아는 것이 없었다.

"시에나가 없는 동안, 오지 않아도 괜찮아."

대니는 그렇게 말했지만, 니나는 시에나의 집으로 왔다. 시에나에게 레슨을 받기 시작한 후부터 한 번도 거르지 않았기 때문에, 토요일 오후에 달리 무엇을 해야 좋을지 몰랐던 것이다.

"집을 봐주고 있는 중이야."

시에나의 집에 혼자 있던 대니는 그렇게 말하고, 니나가 피아노를 치는 동안 소파에 누워 정원을 바라보았다.

"그런데 대니 아저씨, 식사는 제대로 하고 있어요? 뭘 좀 만들까요?"

니나의 말에, 대니는 활짝 웃는다.

"아아, 어제는 사과나무 친구가 와서 맛있는 걸 해줬는데. 냉장고를 뒤져보면, 그 친구가 사다 놓은 재료들이 남아 있을지도 몰라."

니나는 부엌으로 가서 냉장고를 열어본다. 따뜻한 수프와 샐러드, 그리고 간단한 파스타 정도는 금방 만들 수 있는 재료들이 냉장고 안에 얌전히 놓여 있다.

"그런데 비오라는 친구는 어때? 마음이 잘 맞나 보지?"

에이프런을 두르는 니나에게, 대니가 묻는다.

"비오는, 두 대의 바이올린을 위한 협주곡을 연주하고 싶어 해요."

니나는 아스파라거스의 상태를 유의 깊게 살피며, 대답한다.

"미스트랄……."

강에서 불어온 차가운 바람이, 테이블을 흔들었다. 테이블 위에 놓여 있던 포장용기들과 빈 통들이 바람을 타고 날아올랐다가, 곧 바닥에 내동댕이쳐졌다.

"미스트랄? 그게 뭔데?"

니나가 물었다.

"지중해에서 부는 바람. 바다에서 불어오는 차고, 무겁고, 세찬 바람."

비오는 바닥에 떨어진 것들을 주우며 대답했다.

"가본 적 있어? 지중해?"

비오는 이상한 이야기를 들었다는 듯 니나를 물끄러미 바라보더니 피식, 웃었다.

"거기서 태어났어."

"태어나? 거기서? 지중해? 바다? 미스트랄?"

니나의 반응에, 비오는 웃음을 터뜨렸다. 니나는 어리둥절하여 비오를 바라보다가, 바람이 불어오고 있는 강을 바라보다가, 다시 비오를 바라보았다.

"너는 어때? 어디서 태어났어?"

비오의 눈 속에 차가운 불꽃이 일었다. '어디서 태어났냐고? 뭘 물어보는 거지?' 니나는 어쩐지 겁에 질려, 대답을 하지 못했다.

"우리는 모두 다른 곳에서 태어났잖아. 바람이 부는 바다, 폭풍이 치는 하늘, 홀로 흘러가는 강, 열정이나 무관심, 충돌이나 그리움…… 너는 어때? 어디서 태어났어?"

비오는 니나를 향해 다정하게 손을 내밀었다. 조금 전 니나가 보았다고 생각했던, 그의 눈 속의 차가운 불꽃은 이미 사라졌다. 니나는 자신도 모르게 비오가 내민 손을 잡았다. 그의 손은 크고 따뜻하고 부드러웠다. 니나는 마음이 놓였다. 이상하게도 이 손의 주인이라면, 비오라면, 차고 무거운 바람 속에서도 안심할 수 있을 것처럼 여겨졌다.

그리고 니나는 깨달았다. 자신이 제이에 관한 일을 잠시 잊고 있었다는 것을.

"니나."

니나가 요리를 하는 동안, 대니는 테이블 앞에 앉아 음식이 준비되기를 기다리고 있다.

"조금만 기다려요. 거의 다 됐어요."

"아니 그보다, 뭐 하나 물어보고 싶은 게 있는데."

대니의 진지한 목소리에, 니나는 하던 일을 멈추고 대니를 본다.

"뭔데요?"

"두 대의 바이올린을 위한 협주곡 같은 건, 그냥 들으면 되는 거 아닌가? 어째서 연주를 하고 싶어 하지?"

"그야…… 바이올린을 연주하는 사람이니까 그렇겠죠."

니나의 대답에 대니는 고개를 갸웃거린다. 니나는 설명을 좀더 해야겠다고 생각한다.

"그러니까, 무엇인가를 좋아하게 되면 자신의 손으로 직접 해보고 싶어지는 거잖아요."

무슨 말인지 모르겠다는 표정으로, 대니는 니나를 본다. 한숨을 쉬고, 니나는 다시 덧붙인다.

"예를 들면, 어떤 사람을 좋아하게 되면, 그 사람하고 이야기도 해보고 싶고, 손도 잡아보고 싶고, 그렇지 않나요?"

순간 니나는 비오의 크고 따뜻하고 부드러운 손이 떠올라 얼굴이 붉어진다. '딱히 그를 좋아하는 건 아니니까, 괜히 이상하게 생각할 필요 없어.' 니나는 스스로에게 그렇게 말한다.

"잘 모르겠어."

대니는 점점 더 혼란스러워진다는 듯, 고개를 흔든다.

"그렇게 되면…… 괴롭잖아?"

대니의 말에, 이번에는 니나가 혼란스러워진다.

"그러니까 예를 들면, 그 곡을 제대로 연주하지 못할 때, 괴로워지지 않을까?"

"대니 아저씨는 그게 싫은 거군요."

니나는 대니가 불쌍해진다. 그러면서 부럽기도 하다.

"아저씨는 늘, 이 세상과 거리를 두고 있는 것처럼 보여요. 세상에서 일어나는 일은 모두 아저씨와 상관없이 흘러가는 거죠? 좋아하는 여자가 있어도, 그저 보는 것만으로 만족하고 있죠?"

대니는 멍한 눈으로 니나를 본다.

"난…… 평화가 깨어지는 것이 가장 싫어."

"평화를 깨뜨려줄 무엇인가가 필요해. 누군가라도."

니니의 손을 놓으며, 비오는 그렇게 말했다. 순간, 니나의 주위를 감싸고 있던 평화가 힘없이 스르르 무너졌다. 그것을 형성한 것은 애초에 비오였기 때문에, 비오는 그것을 깨뜨릴 수 있었던 것이다. 니나는 맥이 빠졌다.

"어째서 그런 게 필요한 거야?"

니나의 말에, 비오는 잠깐 하늘을 보았다가 다시 고개를 떨어뜨렸다.

"나한테는 세상이 너무 쉬워. 사람을 만나는 일도, 헤어지는 일도, 무언가를 포기하는 일도, 모든 것들이……."

'쉽다고?' 니나는 어리둥절해졌다. 비오를 만날 때마다 내내 마음에 걸렸던 무엇인가에 조금 가까워진 것 같기도 하고, 터무니없이 멀어진 것 같기도 했다.

"어째서 그런 게 쉽다는 거야? 아니…… 잘 이해는 가지 않지만, 만약 쉽다면, 그것으로 된 거 아니야?"

니나는 자신의 말이 이상하다고 생각했지만, 비오는 큰 소리로 웃음을 터뜨렸다.

"그래, 맞아. 그걸로 된 거야."

"아니, 잠깐……."

니나는 석연치 않은 기분으로 그냥 넘어가기 싫어서 비오의 웃음을 가로막았지만, 비오는 니나의 기분에 아랑곳하지 않고 계속 웃었다.

"니나."

마침내 웃음을 그친 비오가, '거기 있는 소금 좀 집어줄래?' 라는 말이라도 할 것처럼 가볍게 니나를 불렀다.

"너, 좋아하는 사람 있지?"

비오의 말에, 니나는 다시 제이가 생각나버렸다.

"없어, 그런 사람."

"왜 거짓말을 하는 거야? 내가 그리 미덥지 않기 때문에 말해주고 싶지 않다거나, 좋아하는 사람이 나라거나, 그런 이유 때문이 아니지?"

니나는 비오를 빤히 바라보며, 자신도 모르게 고개를 끄덕였다.

"그렇다면, 그런 사람 같은 건 세상에 없었으면 좋겠다는 거구나? 너 스스로 인정하고 싶지 않은 거야."

'그런 거였나?' 니나는 생각했다. '그럴지도 몰라. 하지만 비오는 어떻게 알고 있는 거지? 나도 몰랐던 이유를?' 한동안 비오를 가만히 바라보다가 니나는 입을 열었다.

"비오. 세상은…… 너한테 쉽지 않아. 그렇지?"

"들어봐."

대니는 다시 소파에 누워, 큰 소리로 책을 읽기 시작한다.

"1706년 2월 21일자의 기록. 새 교회의 오르간 연주자 바흐는, 최근에 그렇게 오랫동안 어디 갔었으며, 누구에게 그 허락을 받았는가를 조사받음.

조사받는 사람; 뤼베크에 가서 자기 기술을 사용하였으며, 그보다

앞서 교구감독에게 허락을 요청하였음.

교구감독; 그는 4주간의 시간을 요청하고서 4배나 오래 출타해 있었다.

조사받는 사람; 그 기간 동안의 오르간 연주는 이 일을 맡긴 사람에 의해 아무런 불만이 없도록 잘 수행되었다고 생각함.

우리들; 그가 지금까지 합창에 수많은 이상스러운 변화를 만들어내고 낯선 음들을 첨가해 교구사람들을 혼란케 한 일을 문책하였다. 앞으로 '토눔 페레그리눔'을 도입하고자 하더라도 그것을 멀리할 것이며, 너무 빠르게 다른 것으로 넘어가지 않도록 할 것. 그는 지금까지 늘 해오던 대로 '토눔 콘트라리움'을 연주해서는 안 된다. 그는 지금까지 한 번도 연주되지 않은 것을 도입하였으나 그것을 멀리할 것.

학생 람바흐; 오르간 연주가 바흐는 지금까지 너무 길게 연주를 해오다가 교구감독이 그 점을 지적한 뒤로는 곧바로 반대의 극단적인 경향에 빠져서 너무 짧게 연주를 했음."

엄숙한 목소리로 책 읽기를 마친 대니는 갑자기 미친 듯이 웃는다.

"저기, 대니 아저씨?"

니나는 식사 준비가 다 되었다는 이야기를 하려고 대니를 부르지만, 니나의 목소리는 대니의 웃음소리에 파묻혀버린다. 한참을 웃고 난 다음에야 대니는 니나를 본다.

"그런데 뭘 읽은 거예요?"

"종교국의 기록이야. 바흐는 종종 사고를 일으켜 종교국에 불려갔거든."

"바흐가요? 무슨 사고를 일으켜요?"

"그 당시 사람들의 눈에 파격적으로 보일 만한 일들을 했지. 게다가 허가도 받지 않고 훌쩍 여행을 가버리기도 하고. 종교국 사람들은 바흐가 이상한 오르간 연주로 사람들을 현혹시킨다고 비난했어."

"그래요? 그런데 뭐가 그렇게 우스워요?"

"바흐가 이런 사람들 앞에서 조사를 받으며 자기 나름대로 당당한 대답을 하고 있는 모습을 상상할 때마다 너무 즐거워."

"여하튼 이상한 성격이라니까. 이리 와서 식사하세요."

대니는 테이블 앞에 앉아, 따뜻한 감자수프를 숟가락으로 듬뿍 떠서 입으로 가져간다.

"토눔 어쩌고 하는 건 다 뭐예요?"

니나는 올리브소스로 만든 시금치와 오징어파스타 위에 놓인 무순을 아삭, 씹으며 묻는다.

"토눔 페레그리눔tonum peregrinum이란 이상한 음, 토눔 콘트라리움tonum contrarium은 불협화 반주음이야. 바흐는 이상한 음을 도입하고 불협화 반주음을 사용했던 거지. 그 시대의 사람들이 보기에는 이유 없는 반항이 아니었을까? 게다가 오르간 연주가 너무 길다고 하니까 당장 짧게 줄여버렸다니."

"어떤 생각으로 그랬을까요?"

"글쎄, 네 생각은 어때?"

대니는 니나를 가만히 바라본다. 니나는 잠시 고개를 갸웃하고 생각한다.

"잘 모르겠지만, 어쩌면 바흐는, 길이 같은 건 별로 중요하지 않다고 생각했을 것 같아요. 길면 긴 대로, 짧으면 짧은 대로, 그 안에서 자신이 원하는 것을 보여줄 수 있다고 믿었던 게 아닐까요."

가을은 점점 깊어가고, 시에나는 돌아오지 않았다. 대니는 하루 종일 소파에 누워 정원의 풍경이 바뀌는 모습을 바라보았다. 대니의 사과나무 친구가 종종 들러 음식을 만들어주곤 했지만, 니나는 한 번도 그와 부딪친 적이 없었다. 그리고 니나는 비오를 전보다 자주 만났다.

"좀 쌀쌀하지 않아? 여기 앉아 있기에는 말이야."

두 사람은 그렇게 말하면서도, 차가운 바람을 맞으며 강을 바라보았다.

"그런데 왜 우리는 늘 이곳으로 오게 되는 걸까?"

니나의 말에, 비오는 그런 것도 모르다니, 이해할 수 없다는 듯한 표정을 지었다.

"갈 데가 없잖아. 여기 말고는."

니나는 잠깐 생각해보았다. 친구들과 만나면 영화도 보러 가고, 아이스크림도 먹으러 가고, 그저 거리를 걸어 다니면서 예쁜 옷들을 구경하기도 하고, 맛있는 케이크 전문점을 찾아가서 치즈가 듬뿍 들어 있는 딸기치즈케이크를 먹기도 한다. 그러나 그 모든 장소들은 비오와 어울리지 않았다. 남자아이들은 어디에서 무엇을 하며 시간을 보내는 걸까.

"비오, 너는 친구들과 만나면 뭘 하고 놀아?"

니나가 물었다.

"……친구들? 아아, 친구들."

비오는 아주 낯선 단어를 발음하듯, 어렵게 '친구들'이라고 말했다.

"나에겐 별로 없어. ……친구들이란 게."

비오는 뭔가 잘못을 저지른 사람처럼 그렇게 말하고, 니나의 표정을 살폈다.

"친구가…… 없어? 어째서?"

비오는 대답하지 않았다. 니나는 어쩐지 좀 슬퍼졌다.

"그럼, 나는 어때? 나는…… 너의 친구야?"

비오는 자리에서 일어섰다. 그리고 천천히 고개를 가로저었다.

"그럼…… 뭐야?"

니나는 비오가 자신을 그 자리에 놓아두고 훌쩍 가버릴지도 모른다고 생각했다.

"글쎄, 뭘까?"

비오가 희미하게 웃었다. 니나는 시에나가 그리워졌다. 시에나라면, 지금 비오가 무슨 생각을 하고 있는지, 왜 이런 말을 하는지 다 알 텐데. 그런데 그녀는 지금 도대체 어디에 있는 걸까.

"커피, 한 잔 더 마실래?"

비오가 말했다. 니나는 고개를 끄덕였다. 뒤돌아서는 비오의 등을 향해, 니나가 물었다.

"지중해에서도, 이렇게 바람이 많이 불겠지?"

비오는 잠시 어깨를 으쓱하고, 걸어갔다. '왜 사람들은 모두 떠나버리는 것일까.' 니나는 생각했다. '나에게 꼭 필요하다고 생각했던 사람, 의지하고 싶었던 사람들이 어째서 영원히 곁에 머물러주지 않는 걸까? 왜 가장 필요한 순간, 가장 의지하고 싶은 순간에 사라지는 것일까? 그들을 사랑하게 되는 바로 그 순간을 기다리기라도 한 것처럼, 마음을 열었다고 생각한 바로 그 순간에, 아무 예고도 없이, 잡을 수 없는 곳으로 훌쩍 가버리는 것일까?'

밤, 시에나의 집에서는 〈두 대의 바이올린을 위한 협주곡 D단조〉가 흘러나오고 있다.

"두 대가 함께 연주한다고 해서, 한 대가 연주하는 것보다 아름다울 것이라는 보장 같은 건 없겠죠."

대니의 사과나무 친구, 니나의 제이가 말한다. 대니는 소파에 몸을 묻고 그를 바라본다.

"그렇지. 내 말이 바로 그거야."

"다른 바이올린이 내가 내려는 소리를 방해할 수도 있고, 내 바이올린 역시 다른 바이올린의 소리를 망가뜨릴 수 있을 테니까요."

"맞아. 하지만 그보다 내가 가장 두려운 것은……."

대니는 그렇게 말하고, 짧은 한숨을 쉰다.

"함께 연주하던 사람이 떠나버리는 것, 아닌가요?"

제이의 말에, 대니는 소파에 얼굴을 묻는다.

"그거, 한 번만 더 읽어줘."

제이는 구겨진 채 쿠션 아래에 박혀 있는 낡은 종이 한 장을 찾아내어, 읽는다.

"1706년 2월 21일자의 기록. 새 교회의 오르간 연주자 바흐는, 최근에 그렇게 오랫동안 어디 갔었으며, 누구에게 그 허락을 받았는가를 조사받음……."

큭큭큭, 소파 속에서 대니의 웃음소리가 들린다. 그건 어딘지 울음소리를 닮아 있다.

seventeen ★ *lesson 8*
사랑이란 이름을 가진 달의 뒷면

이상한 일이다. 지중해를 접하고 있는 작은 도시 카시스에서, 시에나는 베를린의 트럭 운전사를 다시 만난다. 엘리엇 스미스를 닮은 그의 이름은 슈테른이다.

"S, T, E, R, N. 별이라는 뜻입니다."

슈테른이 말한다.

"본명인가요?"

시에나의 질문에, 그는 고개를 약간 기울이고 시에나를 가만히 바라본다. 그의 눈은 마치 '본명이든 아니든 별로 상관없지 않습니까.' 하고 묻는 듯하다. 시에나는 잠자코 고개를 끄덕인다. 바다로부터 불어오는 광폭한 미스트랄이 그녀의 스카프를 한껏 잡아당겼다가 다시 놓는다.

"그런데 슈테른, 어째서 우리가 다시 만나게 된 걸까요. 그것도 이런 곳에서 말이에요."

한 손으로 스카프를 모아 쥐고, 다른 손으로 머리카락을 쓸어 넘기며 시에나가 말한다.

"나도 그 이유를 알고 싶습니다."

슈테른의 목소리는 마치 바람 소리처럼 들린다.

"우리 두 사람은 분명, 함께 소비해야 할 모든 감정을 첫 번째 만남에서 다 소비해버렸던 거 아닌가요? 그날, 바흐의 동상이 서 있는 라이프치히에서요."

"아직 충분하지 않은 것이 있었나 봅니다."

시에나는 몹시 실망하여, 낡은 쿠션으로 채워진 의자 깊이 몸을 묻는다.

"가끔, 인생이란 게 너무하다는 생각이 들어요. 너무 지나쳐요. 그건 이 세계와 우리 운명을 통째로 집어삼키고도 여전히 만족하지 못하는 거대한 괴물과도 같아요."

"그 괴물의 이름은 아마 욕망이겠죠."

슈테른이 말한다.

"충분히 받을 만큼 받고, 견딜 만큼 견뎌내고, 그래도 앞으로 걸어가야 한다고 자신을 다독일 만큼 다독였는데도 처음부터 다시 시작하라고 말해요. 그리고 용기를 내어 다시 시작하기 직전, 거대한 공포와 죽음처럼 캄캄하고 적의에 찬 침묵이 우리를 단단히 결박하죠."

시에나는 어쩔 수 없다는 듯한 표정으로 눈을 감는다.

"어떻게 하면 기분이 나아지겠습니까?"

슈테른의 말에, 시에나는 한동안 대답을 하지 않는다. 그녀는 마치 죽은 사람처럼 보인다.

"독한 술이 필요해요."

오랜 침묵이 흐른 후, 시에나가 말한다. 그녀의 목소리는, 금방 무덤에서 일어난 사람의 것처럼 건조하고 딱딱하다.

1964년, 마리아 칼라스는 파리 오페라단과 함께 벨리니의 오페라 〈노르마〉를
준비하고 있었다. 제피렐리가 연출을 하고 코렐리가 상대역을 맡았다.
첫 공연은 성공적으로 끝났다. 하지만 6월 6일에 있었던 네 번째 공연에서
마리아의 컨디션은 난조를 보였다. 악절 처리는 미숙했고 타이밍을 놓쳤고
마지막 막에서는 고음의 C에서 갈라지는 소리를 냈다. 객석에 앉아
마리아 칼라스가 실수하기만을 기다리던 '반 칼라스 세력'들이 야유를 보냈다.
그때, 마리아는 누구도 예상하지 못했던 행동을 했다. 오케스트라에게
잠시 멈추라고 지시를 내린 다음 지휘자에게
다시 시작하라는 신호를 보낸 것이다. 아무리 마리아 칼라스였어도
쉽게 용서받을 수 없는 처사였다. 당시 메트로폴리탄 오페라의 총감독이었던
루돌프 빙은 당시의 상황을 이렇게 말했다. "급작스러운 침묵, 그러니까 아마
단두대의 칼날이 떨어지기 직전 군중들이나 했음 직한 정적이 흘렀습니다."
그리고 마리아 칼라스는, 처음부터 다시 노래를 부르기 시작했다.
- 앤 에드워드, 〈마리아 칼라스〉 중에서

화이트와인으로 조리한 홍합과 프렌치프라이가 함께 나오는 '물프리트moules frites', 그리고 두 잔의 칼바도스가 테이블 위에 놓인다. 조금 전까지 영원히 지지 않을 것 같던 해가 갑자기 떨어지고, 두 사람은 순식간에 어둠 속에 남겨진다.

"영원히 떠나지 않겠다고 약속했던 연인 같네요. 세상 끝까지 함께 있을 것처럼 굳게 잡고 있던 손을 서둘러 놓아버리고 총총히 사라졌어요."

시에나는 칼바도스를 한 모금 마시고, 프렌치프라이 조각을 들었다

가 다시 내려놓는다. 아직 숙성되지 않은 거친 칼바도스가 뜨거운 열기를 남기며 그녀의 식도를 타고 심장으로 흘러 들어간다.

"그런 사람이 있었습니까."

홍합을 하나 집어 들고, 슈테른은 어둠에 잠긴 바다를 바라본다.

"누구에게나 있지 않나요."

"시에나, 당신 얘기를 해봐요."

시에나는 잠시 슈테른을 바라보지만, 그의 모습은 온통 흐릿하게 흔들린다. 테이블 위에 놓인 낡은 램프에서 흘러나오는 흔들리는 불빛 때문인지도 모른다.

"어차피 모든 순서가 뒤죽박죽되었으니까, 얘기해도 괜찮습니다."

슈테른은 테이블 위로 가만히 손을 뻗어 시에나의 차가운 손을 잡는다. 그의 손바닥에 박힌 굳은살들이 왠지 시에나를 안심하게 만든다. 하지만 시에나는 천천히 고개를 가로젓고 잡힌 손을 빼내어 다시 한 모금의 칼바도스를 마신다. 그 뜨거운 불꽃의 끝에서, 그녀는 기침을 터뜨린다. 곱슬머리의 어린 웨이터가 담요를 한 장 들고 와서 시에나의 무릎을 덮어준다.

"안으로 들어가는 게 좋지 않을까요?"

슈테른의 말에, 시에나는 담요 속으로 두 손을 집어넣으며 말한다.

"제 얘기를 할게요. 하지만 그 전에, 숙소를 잡으면 좋겠어요. 가능하면 테라스가 딸려 있고 바다가 보이는 곳으로."

> 마리아는 댄스 플로어에서 오나시스와 짤막하게 한 곡을 함께 추었다.
> "그의 손길은 어쩐지 자석 같은 느낌이 들어서 문득 경계심이 들었다."고 한다.
> 맥스웰로부터 오나시스의 악명 높은 여성 편력에 대해 익히 들어,
> 그가 만나는 여자들을 모조리 장래의 정부로 생각한다는 것도 잘 알고 있었다.
> "내 인생에 그런 남자에게 내어줄 자리는 없었다."고 훗날 마리아는 털어놓았다.
> – 앤 에드워드, 〈마리아 칼라스〉 중에서

커다란 더블베드가 둘, 싱글베드가 하나인 트리플 룸이다. 열두 명이 모여 파티를 하기에도 충분할 만큼 넓은 데다, 시에나의 바람대로 테라스도 딸려 있다. 목욕탕에는 어린아이가 수영을 할 수 있을 만큼 큰 욕조가 놓여 있고, 바구니 안에는 작고 예쁜 색색가지 비누들과 함께 보송보송하게 마른 수건이 일곱 개나 차곡차곡 쌓여 있다. 방과 테라스 사이에는 유리문이 있어서, 그 너머로 검은 바람이 검은 바다 위를 가로질러 가는 모습이 보인다. 그리고 그 위로, 무수한 별들이 반짝반짝 눈을 빛내며 그들을 내려다보고 있다. 영원을 맹세한 사랑이 지고 난 자리, 그 빛은 산산조각으로 흩어져 이제 헤아릴 수 없이 수많은 추억으로 빛나고 있는 것이다.

따뜻한 물이 목까지 차오르는 욕조 속에 몸을 담그고, 시에나는 기억 속의 별들을 헤아려본다. 한때는 그 별들이 모조리 사라져서 이 세계가 온통 암흑 속에 잠기기를 간절히 바랐던 적도 있었다. 그 반짝이는 것들 안에는 치명적인 독이 들어 있는 듯했고, 그것이 그녀의 존재

를 위협했다. 그러나 시간이 흐르면서 빛나는 것들은 차츰 희미해져 갔고, 언제부턴가 시에나에게 아무런 영향도 끼칠 수 없는 무해한 존재들이 되었다. 그녀는 그들로부터 자유로워졌다. 시에나는 안심했지만, 그건 그것대로 슬프기도 하고 아프기도 한 일이었다.

편안한 옷으로 갈아입고 목욕탕 밖으로 나오자, 노크 소리가 들린다.

"들어오세요."

문이 열리고, 종이봉투를 든 슈테른이 들어선다. 시에나는 테라스 쪽에 붙어 있는 침대에 앉아 수건으로 머리카락을 말린다.

"그쪽은 추울 겁니다. 안쪽 침대를 쓰도록 해요."

슈테른은 종이봉투에서 꺼낸 흑맥주를 따고 치즈를 뜯는다.

"난 피아노를 쳐요."

슈테른이 건네준 흑맥주를 들고, 소파에 앉으며 시에나가 말한다.

"네 살인가 다섯 살 때부터 피아노를 치기 시작했어요. 누구도 나한테 피아노를 치라고 한 사람은 없었지만, 그냥 피아노가 집에 있었고, 나를 기다리는 것처럼 보였어요. 그 후 지금까지 한 번도 그만두겠다거나, 그런 생각을 한 적은 없었어요. 내가 어떤 사람이든, 무슨 생각을 하든, 어떤 짓을 하든, 피아노는 늘 같은 자리에서 나를 기다렸고, 난 그게 좋았어요."

슈테른은 고개를 끄덕이며 그녀의 맞은편에 앉아 귀를 기울인다.

"전공을 하긴 했지만 콩쿠르 같은 데 나간 적은 없었어요. 내가 누구보다 잘한다거나 못한다거나, 그런 건 나한테 중요하지 않았으니까요. 사람들은 내 연주가 무색무취라고 했어요. 그래서 독주보다는 늘 반주를 하게 됐어요. 바이올린이나 첼로, 아리아와 합창을 받쳐주는 거죠. 어쩌면 오히려 잘된 건지도 몰라요. 누구도 내게 많은 것을 요구하지 않았고, 충분히 먹고살 수 있는 돈도 들어왔어요. 레슨도 하지 않았어요. 아마 지금 내가 가르치고 있는 니나가 유일한…… 나에게 피아노를 배운 유일한 학생이 될 거예요."

먼 우주로부터 흘러온 별빛들이, 유리문에 부딪쳤다가 흩어진다.

"무색무취, 줄곧 그렇게 살고 싶었어요. 다른 사람이 나의 인생에 개입하는 게 두려웠고, 나 역시 그러고 싶지 않았어요. 가끔 아주 비싸고 맛있는 초콜릿을 사기 위해 멀리까지 가곤 하지만, 그렇게 사다놓은 초콜릿들은 몇 년째 그대로 쌓여 있어요. 꽃은 사지 않아요. 무엇이든 있다가 없어지는 것이 싫어요. 화분도, 고양이도, 사람도, 시간도. 토마토는 좋아하지만 토마토케첩은 먹지 않아요. 모든 종류의 푸른색을 좋아해요. 하지만 무언가가 너무 좋아지지 않도록, 늘 긴장을 하고 있어요. 좋아하게 되는 순간, 슬퍼지고 외로워지니까요. 그리고 몇 년 전, 한 사람을 만났어요."

"어떤 사람이었습니까."

슈테른이 두 병째 흑맥주를 따르면서 말한다.

"나쁜 사람은 아니었어요. 적어도 나를 존중해줬다고 생각해요. 하지만 난 원래 무색무취인 사람이에요. 쉽게 물들고, 쉽게 망가지고, 쉽게 혼란에 빠져요. 나는 그때 어디 있었던 걸까요. 그 사람을 사랑한다고 믿고 있었던 그 모든 시간들 속에, 나는 어떤 사람으로 존재하고 있었을까요? 하루는 대니가, 내 친구가 그랬어요. 너, 숨은 쉬고 있니. 이즈음의 너를 보면 금방이라도 먼지처럼 부서질 것 같아서 불안해. 나는 점점 사라져가고 있었어요. 처음에는 두 손이 사라지고, 두 손이 달려 있는 팔이 사라지고, 다리가 사라지고, 심장이 사라졌어요. 오로지 그를 위해 존재하는 것 같았던 심장이 말이에요."

시에나는 머리가 아픈 듯, 미간을 조금 찌푸린다.

"그런데요, 사실은 잘 기억이 나질 않아요. 그 사람을 처음 만난 것도, 헤어진 것도, 그 사이의 일도 생각나지 않고, 아주 잠깐씩 무의미한 풍경만 떠올랐다가 그냥 사라져버려요. 이상하죠? 그 사람의 얼굴도, 목소리도, 이름조차 잊어버렸어요. 어떻게 된 걸까요?"

> 티나(오나시스의 첫 번째 아내)는 그 말에 당장 반박했다.
> "아리(오나시스)는 한 번도 여자에게 손찌검을 한 적이 없어요. 그건 확실해요.
> 그이의 야만성은 훨씬 더 폭력적이었어요. 그는 여자를 무시하면서,
> 완전히 파괴해버릴 수 있는 사람이에요. 아리가 애인으로 삼았던 여자들은
> 하나같이 이런 식으로 잔인하게 망가졌답니다. 그는 여자를
> 선물더미 속에 파묻었다가 나중에는 텅 빈 선물상자처럼 가치 없이 내버리지요."
> – 앤 에드워드, 〈마리아 칼라스〉 중에서

시에나는 소파 깊이 몸을 묻는다. 슈테른은 그녀가 소파 속으로 빨려 들어가서, 사라져버릴 것 같다고 생각한다.

"당신은 사라지지 않아요. 지금, 내가 보고 있으니까."

슈테른의 말에, 시에나는 희미한 미소를 짓는다.

"다 볼 수 있습니다. 두 손과 두 팔과 다리, 심장까지."

"나쁜 사람은 아니었어요."

시에나는 반복한다.

"다만 그때까지의 내 삶은 너무나 얇아서, 너무 쉽고 간단하게 그의 인생으로 휘말려 들어간 것뿐이에요. 그런 식으로 행복해질 수 없다는 건 알았지만, 내가 불행하다고 울거나 소리칠 수도 없었어요. 나는 그의 삶 속에 용해되었고, 사라졌어요. 하지만…… 이제는 아무래도 상관없어요."

"사랑하는 사람 앞에서 자신이 얼마나 잔인해질 수 있는지에 대해 사람들이 알고 있다면, 문제는 좀더 간단해질 텐데요."

"맞아요, 슈테른. 맞아요…… 나는 정말 잔인했어요."

시에나는 소파에서 몸을 일으켜 테라스를 향해 걸어간다. 바다도 하늘도 땅도, 어둠 속에 고요히 잠겨 있다.

"어릴 때, 혼자 달에 가서 살고 싶다는 생각을 한 적이 있습니다."

슈테른이 말한다.

"어째서요?"

시에나는 어둠을 응시하며 묻는다.

"혼자서라면 잘 해낼 수 있을 것 같았거든요. 게다가 그곳이 달이라면."

슈테른의 대답에 시에나는 풋, 하고 웃는다.

"그 사람과 헤어진 지 얼마나 됐습니까?"

"글쎄요…… 매일 아침 깨어날 때마다, 마치 어제 이별한 것처럼 심장이 아파요. 그러다가 어느 정도 시간이 흐르고 나면, 처음부터 그런 사람은 만난 적이 없었던 것처럼 여겨져요. 이 생이 아닌 다른 생이나 꿈속의 기억인 것처럼."

> 그(베르고티스, 오나시스의 친구)는 가까운 사람들에게 이렇게 말했다고 한다.
> "역사적인 사랑인지 그런 척하는 건지, 난 알 수가 없네.
> 아리(오나시스)는 어떤 여자도 마리아만큼 깊이 사랑한 적이 없어.
> 지금은 자기가 마리아를 얼마나 절실히 필요로 하는지 전혀 몰라.
> 자기 육신 같은 여자거든. 하지만 오나시스는 항상 자기가 되기 위해
> 원래의 본성과 싸우는 사람이지. 슬프게도 허구의 매혹이 현실을
> 어김없이 짓누르고 승리한단 말이야. 지금 당장은 마리아에게는
> 사랑밖에 아리에게 줄 게 없는데, 그걸로 만족할 사람은 아니지."
> — 앤 에드워드, 〈마리아 칼라스〉 중에서

"다시 말하지만, 심장 같은 건 사라지지 않았습니다."

슈테른이 말한다.

"난, 나 자신이 물에 흠뻑 젖은 종이처럼 느껴져요."

시에나가 말한다.

"햇살처럼 당신을 비춰줄 무엇인가를, 누군가를 다시 만나게 될 겁니다. 습기가 다 날아가고 나면, 최초의 그림이, 최초의 색채가 모습을 드러내겠죠."

"만약 그런 일이 생긴다면…… 행복해질까요?"

슈테른은 자리에서 일어서서, 시에나를 향해 한 걸음 다가간다.

"아마 그렇겠죠. 하지만 두 번 다시 다른 사람을 위한 반주 같은 건 못할 겁니다."

"그렇군요……."

시에나는 알겠다는 듯 고개를 끄덕이고, 슈테른에게 묻는다.

"그런데 당신은 지금도 달에 가서 살고 싶다고 생각해요?"

"모든 것이 앞면과 뒷면 같다는 생각을 했습니다. 만남과 이별, 슬픔과 기쁨, 희망과 절망, 기억과 망각, 다시 만남과 이별……."

"달의 뒷면에는 뭐가 있을까요?"

시에나는 천천히 몸을 돌려 유리문 너머의 하늘에서 달을 찾아본다. 희미하고 창백한 푸른빛이 바다 위로 위태롭게 흘러간다.

1953년, 마리아 칼라스는 오드리 헵번 주연의 〈로마의 휴일〉을 보았다. 오페라 연출가이자 당시 마리아가 흠모하고 있던 루키노 비스콘티는 어느 날 마리아에게 이런 질문을 받았다.
"루키노, 내 몸매가 오드리 헵번 같다면 예쁠까?" 비스콘티는 이렇게 대답했다.
"글쎄, 더 진실한 트라비아타가 되겠지. 어쨌든 그 여자는
폐결핵으로 죽어가고 있으니까." 다음 날부터 마리아는 엄격한 다이어트에 돌입
했다. 십일 개월 동안 마리아는 삼십사 킬로그램을 감량했다. 〈아이다〉 공연을 보고
"칼라스의 발목은 그녀와 함께 무대에 등장하는
코끼리의 발목과 다르지 않았다."고 말했던 비평가는 이제 할 말을 잃었다.
마리아는 무거운 껍질을 벗어던진 나비처럼 화려하고 아름답고 대담한
프리마돈나로 다시 태어난 것이다. 몇 번이나 실패했던 다이어트를
성공시킨 것은 비스콘티의 한 마디였다. 하지만 비스콘티는 마리아의
충실하고 다정한 친구였을 뿐, 그녀의 연인이 될 수는 없었다.
그는 게이였기 때문이다.
― 앤 에드워드, 〈마리아 칼라스〉 중에서

찰랑찰랑, 푸른 물결이 발목을 간질인다. 따뜻하고 부드럽고 은은한 물결이다. 물결은 어디에서 시작되어 어디에서 끝나는 것일까, 시에나는 천천히 주위를 둘러본다. 그리고 자신이 서 있는 곳이, 달의 뒷면이라는 것을 깨닫는다. 물결은 시작하는 곳도 끝나는 곳도 없이, 그저 달의 표면 위를 감싸고 있다.

어디선가 사과 향기가 흘러온다. 시에나는 그 향기를 따라 걷기 시작한다.

'달의 뒷면은 이런 곳이구나. 마치 내가 태어나기 전에 살았던 곳 같아.'

그녀는 생각한다. 모든 것이 익숙하고 다정하고 눈물이 날 만큼 그립다. 아주 먼 길을 돌아 처음으로 온 듯한 느낌이다. 그녀는 자신의 두 손으로 두 팔을 만져본다. 찰랑이는 물결을 밟고 걸어가는 자신의 다리와 두 발을 본다. 심장 뛰는 소리가 들린다.

이 세상에 사랑이라는 이름을 가진 달이 있고, 시에나는 한때 그 달을 만났다. 그녀는 그 달의 뒷면을 한사코 보지 않으려고 했다. 만남 뒤에 있는 이별이, 기쁨 뒤에 있는 슬픔이, 희망 뒤에 있는 절망이, 기억 뒤에 있는 완전한 망각이 그녀는 두려웠다. 달의 반 바퀴를 돌아 뒷면에 이르기 직전, 그녀는 그곳에서 뛰어내렸다. 누구도 그녀가 뛰어내린 것을 몰랐다. 그건 너무 갑자기, 아무런 전조도 없이 일어난 일이었기 때문이다.

시에나는 이제 푸른 안개가 피어오르는 낮은 언덕 앞에 있다. 언덕 위에는 작은 사과나무가 한 그루 서 있다. 그녀는 천천히 언덕을 올라간다. 그리고 사과나무 아래에 서 있는, 한 남자를 발견한다. 시에나는 그 자리에 얼어붙는다. 남자는 몹시 곤란하다는 듯한 표정으로, 그러나 한 걸음도 움직이지 않고 그림처럼 멈춰 있다. 두 사람 사이에 찰랑찰랑, 푸른 물결이 흘러간다.

"제이…… 너는 여기 있으면 안 돼."

시에나가 말한다.

"내 이름은 제이가 아닙니다."

"너는…… 너는 제이야. 니나의 제이야. 적어도 나한테는, 그 이름 밖에 없어."

"이름이야 어찌 되었건, 난 처음부터 이 자리에 있었습니다."

남자가 말한다.

"미안해…… 그렇다면 내가 잘못 온 거야."

시에나는 돌아선다. 찰랑찰랑, 물결이 그녀의 발아래에서 흩어진다.

"알잖아요, 그 아이는 나를 사랑하는 게 아닙니다."

제이의 목소리가 그녀의 귓가에서 흩어진다.

"그래, 하지만 너도 나를 사랑하는 게 아니야."

제이에게서 멀어지기 위해, 시에나는 걷는다. 이제 물결은 무릎까지 차오른다. 걸음을 멈추고 시에나는 가만히 뒤를 돌아본다. 먼 언덕, 사과나무 가지에서, 기다렸다는 듯이 한꺼번에 하얀 사과꽃이 피어오른다. 훅, 하고 어디선가 차가운 바람이 불어오고, 모든 풍경이 무너져 내린다. 그 안에서 제이만이, 언제까지나 그곳에 그대로 남아 있다.

> "공연에서 칼라스를 얼마나 변화시킬 수 있겠습니까?
> 무대 위에서 일어나는 일의 구십 퍼센트는 오랜 세월에 걸쳐 그녀가 축적해온
> 자질로 이루어집니다. 하나님이 주신 것이지요. 연출자는 그녀를 에워싼 환경을
> 바꿀 수 있고, 이쪽으로 가라 저쪽으로 가라 할 수는 있지만
> 그녀 자신을 바꿀 수는 없지요."(연출가 제피렐리의 말)
> — 앤 에드워드, 〈마리아 칼라스〉 중에서

유리문이 잠깐 열렸다 닫힌 사이, 문 앞에 고여 있던 바람이 한꺼번에 방 안으로 밀려와 시에나의 깊은 잠을 깨운다. 유리문 밖으로 남자의 뒷모습이 보인다. 그는 테라스의 난간에 몸을 기댄 채 물끄러미 하늘을 올려다보고 있다. 그의 이름은 슈테른, 엘리엇 스미스를 닮은 베를린의 트럭 운전사이다. 지중해를 접하고 있는 작은 도시 카시스에서, 시에나는 그를 다시 만나고, 그날 밤 제이의 꿈을 꾸었다. 이상한 일이다.

---

* 〈마리아 칼라스 - 내밀한 열정의 고백〉 앤 에드워드 지음, 김선형 옮김, 해냄.

seventeen ★ lesson 9
프로방스의 긴긴 해

남에게서 사랑을 받는 사람들은 충실히 살고 있지 않으며
위험에 직면하고 있기도 하다. 아아, 그들이 자기를 극복하고
사랑하는 사람들이 되면 좋다. 사랑하는 사람들의 주위에는 확신이 있을 뿐이다.
사랑하는 사람들은 이미 아무도 의심의 눈으로 보지 않으며,
그들 자신도 자신들의 비밀을 말하지 않는다. 그들의 내부에서
비밀은 완전한 것이 되고, 그들은 마치 나이팅게일처럼 모든 비밀을 노래한다.
— 라이너 마리아 릴케, 〈말테의 수기〉 중에서

〈해가, 지지, 않아.〉

지중해에서 날아온 시에나의 엽서에는 그렇게 단 한 줄이 쓰여 있었다.
"언제쯤 돌아올까요? 시에나는."
니나는 바흐의 악보를 덮고 대니를 향해 말한다.
"곧."
대니는 소파에 누워서, 시에나의 엽서를 겨울의 흐릿한 햇살에 비춰 보고 있다. 마치 엽서 안에 숨어 있는 은밀한 메시지를 찾으려는 것처럼.
"어떻게 알아요?"
"그냥 알아."
"대니 아저씨, 시에나가 보고 싶죠?"
"응."

미소도 짓지 않고, 여전히 엽서를 뚫어지게 바라보면서, 대니가 대답한다.

"그럼 전 이만 가볼게요."

"약속이 있나 보네."

소파에서 몸을 일으키고, 대니는 니나의 대답을 기다린다.

"그냥…… 친구랑……."

"비오?"

"네."

대니는 더 이상 묻지 않고, 니나는 가방을 챙긴다.

"내일 들러. 시에나랑 같이 저녁 먹자."

"시에나가 내일 와요? 전화, 왔어요?"

"전화? 아니. 하지만 지금쯤 도착했을 거야."

"어떻게 알아요?"

"그냥 알아."

확신에 찬 대니의 말에, 니나는 잠자코 고개를 끄덕인다. 대니가 그렇다면 그런 거겠지.

니나가 가고 난 후, 대니는 목욕탕의 욕조 가득 뜨거운 물을 채우고, 그 안에 몸을 담근다. 어른이 되면서부터 물 속에서 숨을 쉴 수는 없지만, 그래도 대니에게는 늘 물이 필요하다. 물을 흠뻑 들이마신 대니의 피부세포들이 와아, 와아, 하고 환호성을 지른다. 그는 휘파람으로

〈금발의 제니〉를 부르면서, 저녁에는 대청소를 해야겠다고 생각한다. 내일이면 돌아올 시에나를 위하여.

"왜 네가 여기 있는 거야?"

슈트케이스를 들고 공항에서 빠져나온 시에나의 앞을 가로막은 사람은, 제이였다. 제이는 아무 대답도 하지 않고 시에나의 슈트케이스를 받아 들고는 앞장서서 걸어갔다. 시에나는 할 수 없이 그의 뒤를 따랐다. 주차장에서, 시에나는 대니의 하얀색 미니로버를 발견했다.

"대니가 보냈어?"

제이는 잠자코 고개를 끄덕이고, 조수석의 문을 열어준 다음, 시에나의 슈트케이스를 트렁크에 넣었다. 라디오에서는 차이코프스키의 교향곡 1번, 〈겨울의 몽상Winter Daydream〉이 흘러나오고 있었다. 주차장을 빠져나간 미니로버는 시내로 들어서는 대신, 한적한 국도를 달리기 시작했다. 구름 같은 안개가 차창에 부딪쳤다 사라졌다.

"어디로 가는 거야?"

눈을 감은 채, 시에나가 말했다.

"좀 자도록 해요. 도착하면 깨울게요."

시에나는 더 이상 묻지 않고, 의자의 등받이를 한껏 뒤로 젖혔다. 그리고 곧 가벼운 잠에 빠져 들었다.

"공항에서 바로 집으로 오진 않을 거야."

그날 아침, 시에나의 집으로 제이를 부른 대니는 그렇게 말했다.

"여행이 끝나고 나면, 일상으로 돌아오기 전에 잠깐 쉼표를 찍을 곳이 필요하다고 그랬거든."

"쉼표?"

제이의 질문에, 대니는 대답 대신 미니로버의 키를 던져주었다.

"공항에서 빠져나오면 국도를 따라 서해로 가. 차 안에 약도가 있을 거야."

"서해?"

"바닷가에 작은 펜션 하나를 예약해뒀어. 괜찮지?"

제이는 어떻게 대답을 해야 하나, 잠시 망설였다. 괜찮은 건지 괜찮지 않은 건지, 아니 뭐가 괜찮은 건지 아닌지 몰랐기 때문이다. 어쩌면 알 것 같기도 했다. 하지만 그건 말로 잘 표현할 수 없는 종류의 것이었다. 그리고 대니는 딱히 제이의 대답을 원하는 것도 아닌 듯했다.

"정확한 도착 시간은 몰라. 하지만 에어프랑스일 거야."

제이가 공항에 도착했을 때, 시에나는 막 게이트를 빠져나오고 있었다. 제이가 주차장에 차를 세운 다음 회전문을 밀고 들어서려 할 때, 시에나는 막 회전문 밖으로 나오고 있었다. 시에나를 보기도 전에, 제이는 그녀를 느꼈다.

"왜 네가 여기 있는 거야?"

놀라지도 않고, 시에나는 그렇게 말했다. 제이는 시에나의 조용하고 규칙적인 숨소리를 들으며, 서해로 차를 몰고 있었다.

"해가, 지지, 않아, 라고?"
"응, 그렇게 딱 한 줄뿐이었어."
거리를 걸으며, 니나는 비오에게 시에나에게서 온 엽서 이야기를 해준다.
"그거, 무슨 상징 같은 걸까?"
니나는 비오의 옆모습을 바라보며 묻는다.
"글쎄, 그냥 있는 그대로가 아닐까. 지중해에서는 정말로, 해가 지지 않거든."
니나는 고개를 갸우뚱하고 생각해본다.
"그럼 어떻게 되는데?"
"어떻게도 안 돼."
비오는 단호한 목소리로 그렇게 말하고, 문득 생각났다는 듯 주머니에서 손을 꺼내어, 니나의 손을 잡는다. 니나는 흠칫 놀라서 걸음을 멈추지만, 비오의 손에 이끌려 다시 걷기 시작한다.
"그 사람은 어떻게 됐어?"
니나의 손을 잡은 손에 힘을 주며, 비오가 묻는다.
"그 사람?"
"그 사람. 세상에 없었으면 좋겠다고 생각하는 사람. 네가 좋아하는 사람. 좋아한다는 사실을 인정하고 싶지 않은 사람."

"우리…… 지금 어디 가는 거야?"

니나는 화제를 돌리고 싶어, 그렇게 말한다.

"아무 데도 안 가."

비오는 어쩐지 화가 난 사람처럼 무뚝뚝하게 대답한다. 니나는 걸음을 멈춘다. 어쩔 수 없이, 비오도 걸음을 멈춘다.

"네 마음을 들여다보는 게, 아직도 무서운 거구나."

니나의 눈을 응시하며 비오가 말한다.

"무섭지 않아."

니나의 말에, 비오는 그렇지 않다는 의미로 고개를 흔든다.

"그 사람을 정말 좋아하고 있다는 걸 깨닫는 것도, 사실은 좋아하는 게 아니란 걸 알게 되는 것도, 무서운 거겠지."

"……아주아주 달콤한 초콜릿무스가 먹고 싶어."

니나는 비오의 등 뒤로 보이는 하늘을 바라보며, 그렇게 말한다. 하늘에는 조각난 마음 같은 초승달 하나가 동그마니 떠 있다.

어둠이 깊어지면서 초승달의 윤곽이 점점 더 뚜렷해졌다. 작은 펜션 안은 온통 초콜릿 향기로 가득 차 있었다. 초콜릿 크레페를 만들고 있는 제이의 뒷모습을 바라보면서, 시에나는 소파 한쪽에 몸을 동그랗게 말고 웅크린 채 앉아 있었다.

"그 아이가 찍은 사진을 봤습니다."

제이의 말은 한동안 허공을 떠돌다가, 머뭇거리듯 시에나에게 흘러간다.

"어떤 사진이었어?"

"그냥…… 길거리를 지나는 사람들을 찍은 평범한 사진이었는데, 사람들의 발끝에 한결같이 그림자들이 매달려 있었습니다."

"그림자라……."

제이는 뜨거운 크레페를 접시에 담아, 시에나에게 건네주었다. 시에나는 후후 불어가며, 손으로 조금씩 그것을 뜯어 입 안에 집어넣었다. 뜨거운 초콜릿이 가득 든 커다란 머그가, 소파 앞에 있는 테이블 위에 놓였다. 하얀 김이 공중으로 올라가다가, 창문에 부딪쳐 뽀얀 그림을 그리고 곧 사라졌다.

"그 아이를 만나서, 물어보고 싶었습니다. 그 애는 나보다 먼저 약속 장소에 도착해서, 〈슈베르트의 생애〉라는 책을 읽고 있었죠."

"그래……."

시에나는 고개를 끄덕였고, 제이는 그녀의 맞은편에 앉았다.

"파스타를 먹고, 액션영화를 보고, 그대로 헤어졌습니다. 그림자 같은 건 물어보지도 못했죠."

"왜 파스타와 액션영화였어?"

시에나의 질문에, 제이는 잠깐 생각에 잠겼다가 말했다.

"그다지 특별한 기억을 남기고 싶지 않았던 것 같습니다. 오래 기억에 남는 음식이라거나, 기억에 남아 있는 영화 같은 것이 아니어야 한다고, 누군가 내 마음에 대고 줄곧 이야기하고 있는 것 같은 기분이었으니까요."

"상처 입고 싶지 않았던 거구나."

제이는 묵묵히 고개를 끄덕였다.

"어떻게 할까요. 돌아갔다가 내일 다시 오는 게 좋겠습니까, 아니면……."

제이는 대답을 기다렸지만, 시에나의 시선은 창문 밖 하늘 위에 아슬아슬하게 걸려 있는 초승달에 머물러 있었다.

"그 아이가 니나……."

시에나의 입술 사이로 나지막한 소리가 흘러나왔다.

"나도…… 나중에 알았습니다."

"네가…… 제이."

"내 이름은 제이가 아닙니다."

시에나는 아무래도 상관없다는 듯 고개를 끄덕이고, 들고 있던 빈 접시를 내밀었다.

"하나 더 만들어줄 수 있어? 재료가 아직 남아 있을까?"

접시를 받아 들며, 어쩐지 안도한 듯한 표정으로, 제이가 대답했다.

"충분해요. 대니가 그러라고 했거든요."

"악마적, 메피스토펠레스적, 초자연적."

"으음."

"바이올린을 연주하는 메피스토."

"알았다, 파가니니."

비오가 맞았다는 의미로 고개를 끄덕, 하고, 니나는 자랑스러운 미소를 지으며 초콜릿무스를 한 입 먹는다.

"오페라 작곡가 로시니는 일생 동안 세 번을 울었대."

"뭔가 파가니니와 관계있는 거야?"

혀끝으로 달콤한 초콜릿의 뒷맛을 음미하며, 니나가 묻는다.

"첫 번째는 자신의 오페라가 실패했을 때, 두 번째는 피크닉에 가서 구운 칠면조 요리를 강에 빠뜨렸을 때, 그리고 세 번째는 파가니니의 연주를 처음 들었을 때."

두 사람이 앉아 있는 카페의 창밖으로 차가운 겨울바람이 속도를 내며 쌩, 하고 지나간다.

"비오는 파가니니의 연주가 좋아?"

"확실히 내 스타일은 아니지만, 그런 연주를 듣고 있으면 다른 생각을 할 수가 없지."

비오의 말에, 니나는 '그러니까 어떤 연주였더라.' 하고 생각해본다.

"하지만 비오, 어쩌면 파가니니는 연주를 하면서 행복해하지 않았을 것 같단 생각이 들어. 몹시 놀랍지만, 또 한편으로는 고통스러운 기분이 드는 연주인걸."

"어쩌면. 연주가 끝난 다음에 탈진상태에 빠지는 건 기본이고, 연주 전에는 하루 종일 아무것도 안 먹고 아무도 안 만나고 침대에 누워만 있었대."

"그 사람, 마지막은 어땠어?"

니나는 그렇게 묻고, 의자를 바싹 끌어당기며 비오를 향해 몸을 기울인다.

"좋지 않았어. 평생 동안 병이란 병은 다 끌어안고 살았고, 죽은 다음에도 그의 몸은 이십육 년 동안이나 이곳저곳으로 떠돌아다녔거든. 그런데 니나, 너는 왜 항상 누군가의 마지막을 궁금해하는 거야?"

"모르겠어……."

니나는 잠시 생각해보고, 다시 덧붙인다.

"그러고 보면, 시에나는 항상 마지막을 이야기해줬어. 그 사람이 어떻게 죽었는지."

"마지막을 알면, 왠지 안심이 되잖아."

두 개째의 크레페를 먹고, 뜨거운 초콜릿이 담긴 머그를 감싸쥐며, 시에나가 말했다.

"안심? 어떤 종류의 안심이죠?"

제이는 페치카 속에 장작을 하나 더 집어넣고, 소파로 돌아오며 물었다.

"이렇게 살든 저렇게 살든, 결국 모든 사람들은 죽고, 그것으로 끝. 그 사람이 행복했다거나 불행했다거나 이러쿵저러쿵 사람들이 말을 해도, 정작 죽은 사람이 어떻게 생각하는지는 아무도 모르잖아. 죽음이 슬픈 건, 이제 더 이상 그 사람을 만날 수 없다는 사실 때문인데, 그게 본인에게도 슬픔이 되는 건지, 아니면 그 순간부터 뭐가 어떻게 되어도 상관없어지는 건지, 누구도 모르잖아. 그렇게 생각하면, 어쩐지 삶이란 게 가볍게 느껴지고 안심이 돼."

"어떤 상황에서도 마지막이란 게 있다는 걸…… 믿고 싶은 겁니까."

시에나는 대답 대신 조용히 웃었다. 그리고 초승달처럼 푸른 침묵이 잠시 흘렀다.

"이제 어떻게 할까, 앞으로 어떻게 될까, 이런 생각…… 해봤자 소용이 없는 거겠지."

"프로방스는 어땠습니까."

제이의 말에, 시에나는 한껏 몸을 웅크렸다.

"추웠어. 바닷바람이 뼛속까지 속속들이 스며들어서 모든 게 얼어붙는 것 같았어. 그래서 기분이 좋았어."

"그리고?"

"바람이 끝없이 불었어. 사람들은 이차원 세계에서 온 것처럼 나풀

나풀 걸어 다녔어."

"그리고?"

"해가, 지지, 않았어. 아주 길고 긴 하루가 오래오래 이어졌어."

그렇게 말하고, 시에나는 눈을 감았다. 그녀의 몸이 휘청, 하고 한쪽으로 기울었다. 제이는 자리에서 일어서서, 옷장을 열고, 초록색 담요를 한 장 꺼냈다. 시에나는 이미 잠들어 있었다. 제이가 담요로 시에나의 몸을 덮어주자, 그녀의 몸이 가볍게 떨렸다. 머릿속이 텅 빈 채로, 제이는 시에나의 옆자리에 앉았다. 그녀의 몸이 제이에게로 기울어졌고, 제이는 꼼짝도 할 수 없었다. 아주 느린 속도로, 밤이 그들을 통과했다.

"사랑받는 사람들은 위험에 직면해 있다."

제이의 손에서 시에나의 슈트케이스를 받아 들며, 대니가 말한다.

"릴케."

뒤따라 들어오던 시에나가 대답한다.

"어서 와."

대니는 활짝 웃으며 가볍게 시에나를 포옹한다.

"고마워."

시에나는 대니의 등 너머로, 싱싱한 봉오리를 맺은 노란 장미들을 본다. 꽃을 좋아하긴 하지만 꽃이 시드는 모습을 보는 것은 힘들어하는 시에나를 위해, 대니는 며칠 후 아무도 모르게 그 노란 장미들을 몰래 내다 버릴 것이다.

"니나가 올 거야."

대니의 말에, 시에나가 제이를 바라본다. 제이는 잠깐 당황하지만, 곧 어쩔 수 없다고 생각한다. 언젠가 한 번은 부딪쳐야 하는 일이다.

"비오라고 했나, 그 친구도 데려오라고……."

대니의 말이 끝나기도 전에 대문이 열리고, 니나가 뛰어 들어온다.

"시에나!"

시에나를 향해 달려가던 니나는 제이를 발견하고 그 자리에 우뚝 서버린다. 뒤따라 들어온 비오가, 니나의 시선 끝에 있는 제이를 본다. 제이는 니나를 보다가, 그녀를 보고 있는 비오를 본다. 대니는 비오를 보고, 다시 제이를 본다.

"누군가, 위험에 직면해 있군."

대니의 말에 시에나는 미소를 지으며 대답한다.

"대니, 가끔은 그렇게 예민하지 않아도 괜찮아."

조각난 마음 같은 초승달이, 시에나의 정원 위에서 다섯 사람을 내려다보고 있다.

seventeen ★ *lesson 10*
종소리

비오, 기억나? 그날, 시에나의 정원 위에 가만히 떠 있던 초승달. 나는 그 초승달이 내 마음 어딘가를 툭, 하고 베어버릴지도 모른다는 생각을 하고 있었어. 아직 초저녁이었고, 공기 중에는 초콜릿 향기 같은 것이 떠돌고 있었지. 시에나가 제이와 함께 있는 걸 보았을 때, 어디선가 종소리가 들리기 시작했어.

종소리?

응. 그런 이야기 들어본 적 있지? 정말 사랑하는 사람을 만나면, 종소리가 들리는 거라고. 내가 어렸을 때, 우리 엄마가 그런 이야기를 해줬어. 난 제이를 만날 때마다 종소리를 기대했지만, 종은 한 번도 울려주지 않았어. 그래서 그때, 난 몹시 당황했어. 어째서 시에나와 제이가 함께 있는데, 종소리가 들리는 걸까? 싶어서.

그것 때문이었어? 니나, 네가 그 자리에서 꼼짝도 않고 서서 멍한 표정으로 하늘을 올려다보고 있었던 이유가?

내가, 그랬어? ……그랬을지도 모르지. 어쨌든 제이는 묘하게 차분한 눈빛으로 잠깐 나를 보았다가, 너에게로 시선을 돌렸고, 너는 왠지 화가 난 듯한 표정으로 다른 곳을 보았어. 그리고 대니 아저씨가, 누군가 위험하다던가, 그런 말을 했고, 그 말에 시에나는 살짝 미소를 지었어. 그때 대니 아저씨가 내 팔을 살짝 잡았는데, 나는 줄곧 종소리를 듣고 있었어.

시에나는 미소를 지으면서, 대니, 가끔은 그렇게 예민하지 않아도

괜찮아, 라고 말했어. 그리고 다들 안으로 들어가서, 함께 저녁을 먹었지. 너도 나도 제이도 아무 말을 하지 않았고, 대니 아저씨와 시에나 둘이서만 간간이 이야기를 주고받았어. 그런데 니나, 난 화나지 않았어. 왜 그렇게 생각했던 거야? 화가 난 건, 네가 아니었어? 저녁식사를 하는 동안 넌 한 번도 시에나를 보지 않았잖아.

아니야, 그럴 리가 없잖아. 난 혹시라도 시에나가 나에게 미안한 표정이라도 지을까 봐 눈을 마주치고 싶지 않았던 거야. 만약 그랬다면 참기 힘들었을 테니까. 식사가 끝날 때까지 난 한마디도 하지 않았지만, 그렇다고 그 자리가 어색하지는 않았어. 마치 아주 오래전부터 그런 저녁식사에 익숙해져 있었던 것 같은 느낌이었어. 나는 어쩌면 그런 풍경을 늘 상상해왔던 건지도 몰라. 똑같은 그림을 몇 번이나 보다 보면, 그 그림 속에 내가 들어가 있어도 이상할 게 없는 것처럼 여겨지잖아.

언젠가 어느 시간 속에서, 몇 번이고 그런 식사를 같이 했던 건 아닐까. 그 속에 내가 있었다는 건 좀 이상했지만 말이야.

아니, 이상하지 않았어. 비오, 내가 포크를 떨어뜨렸을 때, 네가 다른 포크를 가져다 주면서 아주 잠깐, 내 손을 꼭 잡았지?

기억하고 있었어?

그 순간이 굉장히 선명하게 남아 있어. 그건 있지, 흑백화면이 컬러로 바뀔 때 같은 느낌이었어. 나, 너, 시에나, 대니 아저씨, 그리고 제이가 그때야 비로소 살아 있는 사람이라는 생각이 들었거든. 내 속에 있는 무엇인가가 변한 건 바로 그때였어. 그리고 저녁식사를 끝낸 다음, 우리 모두 정원으로 나가서 차와 와인을 마셨지?

그래. 너랑 나는 카모마일티를 마시고, 다른 사람들은 시에나가 가져온 와인을 마셨어. 아비뇽이었나, 뭐 그런 곳에서 사 온 거라고 했는데.

푸른 바탕에 별이 그려진 라벨이 붙어 있었어. 대니 아저씨가 와인을 땄고, 그리그의 피아노 콘서트가 흘러나오고 있었어. 그런데 차와 와인을 마시면서, 다들 무슨 이야기를 했지? 잘, 기억이 안 나.

파가니니, 마리아 칼라스, 라이프치히, 글렌 굴드, 비탈리의 샤콘느, 말러와 슈베르트와 슈만, 토마토, 사과나무, 그리고…… 너와 시에나가 처음 만난 날.

맞아. 나와 시에나가 처음 만난 날. 시에나와 대니 아저씨가 처음 만난 날. 너랑 내가 처음 만난 날. 나와 제이가 처음 만난 날. 제이와 대니 아저씨가 처음 만난 날. 그리고 비오 네가, 제이에게, 시에나를 처음 만난 날에 대해 얘기해달라고 그랬어.

아니야, 니나 네가 시에나에게, 제이를 처음 만난 날에 대해 얘기해달라고 그랬지. 그랬더니 시에나는 달의 뒷면 이야기를 했고, 우리는 다 같이 하늘을 올려다봤어. 하지만 구름에 가려 달은 보이지 않았지.

……비오. 난 분명히, 하늘에 조그맣게 떠 있는 초승달을 보았어. 그건 이제 내 마음을 베어버릴 만큼 날카롭지 않았어. 오히려 어쩔 줄

모르고 있다는 느낌이랄까. 그리고 어디선가 또 종소리가 들리기 시작했어.

……니나. 시에나도 그렇게 말했어. 종소리가 들리는 것 같다고. 나도 귀를 기울였지만, 나한테는 종소리 같은 건 들리지 않았어. 그리고 대니 아저씨가 일어났어. 잠시 후에 제이가 일어나 안으로 들어갔고, 나도 곧 따라 들어갔지. 네가 시에나와 하고 싶은 이야기가 있는 것 같아서, 자리를 피해줘야 될 것 같아서 말이야.

우린, 한참 동안 아무 말도 없이 그냥 앉아 있었어. 너는 어땠어? 대니 아저씨와 제이, 두 사람과 무슨 이야기를 했어?

별로. 내가 들어갔을 때 대니 아저씨는 이미 소파에서 잠이 들어 있었고, 제이는 식탁 앞에 조용히 앉아 있었어. 뭔가 말을 시킬 만한 분위기가 아니어서 나는 잠시 소파에 앉아 있었지. 그러다가 문득 제이가, 두 사람, 춥지 않을까? 하고 내게 물었고, 담요라도 가져다 주는 게 좋을까요, 하고 내가 말했어.

까만 바탕에 하늘색 별무늬가 있는 담요였어. 어딘지 와인에 붙어 있었던 라벨과 비슷한 모양이었지. 시에나와 나는 무릎을 맞대고 그걸 나눠 덮었어. 네가 다시 들어가고 나서, 시에나가 그랬어. 뭐든 묻고 싶은 게 있으면 물어보라고.

그래서 뭘 물어봤는데?

무언가가 끝나고 무언가가 시작된 것 같은데, 그게 뭔지 모르겠다고 말했어. 혹시 시에나는 그걸 알고 있느냐고, 그렇다면 가르쳐달라고 했어. 그러자 시에나는, 너무 빨리 답을 찾지 않아도 괜찮다고 말했어. 어떤 것들은 우리가 마음을 정하기도 전에 시작되어버리고, 돌이킬 수 없는 것처럼 보이기도 하지만, 모든 것은 흐르고 반복되고 또 흐르는 거라고.

무슨 뜻이었을까. 너는 이해할 수 있었어?

설명할 수는 없지만, 그냥 시에나의 마음이 그대로 나에게 전해지는 것 같았어. 그래서 잠자코 고개를 끄덕였고, 아주 평화로워졌어. 그리고 그날 저녁, 네가 내 손을 꼭 잡아주었을 때, 내 속에 뭔가가 변해버렸던 거야. 아마 시에나가 제일 먼저 그걸 알았을 테고, 그 다음에는 제이가 알았을 거야. 제이는 더 이상 내 일기장 속에 나오는 제이가 아니었어. 어쩌면 나는 그때서야 비로소 제이의 원래 모습을 보았던 걸지도 몰라. 내가 그린 그림은, 제이가 아니라 다른 무엇이었어. 세상에 존재하지 않는 존재였지. 좀 슬프기도 했지만, 그건 아직 봄이 오기 전, 어느 쌀쌀한 저녁에 불어오는 바람 같은 거였어. 몸은 움츠러들었지만 바람을 피해서 어디론가 들어가버리고 싶진 않았거든. 그대로 바람을 맞으며 계속 서 있으면, 언젠가 따뜻해질 거라는 믿음 같은 게 있었어. 비오, 난 항상 뭔가를 두려워하게 되는 걸 두려워했던 거야.

넌 나에 비하면 아주 용감했지. 바람 속에 그대로 서 있었으니까.

난 혼자가 아니었으니까.

……그 다음에는 무슨 이야기를 했어? 둘이서?

별로. 나는 하늘을 올려다보면서 달을 찾았고, 시에나는 낮은 목소리로 어떤 노래를 불렀어. 좀 슬프지만 굉장히 아름다운 노래였어. 나는 그 노래의 제목을 알고 싶었지만, 원곡을 찾아 듣게 되면 시에나가 불러주었던 노래를 잊어버릴 것 같아서, 아무 말도 하지 않았어. 게다가 노래를 그치고 나면, 어쩐지 시에나가 울어버릴 것 같았거든.

울고 싶었던 건 네가 아니었어?

그랬을지도 몰라. 그 순간이 지나간다는 게 견딜 수 없이 슬퍼졌거든. 나는 정말로, 내 귀에 들려오던 종소리가 언제까지나 계속되기를 바랐어. 그건 정말 아름다운 종소리였으니까.

……그런데 니나, 그날의 종소리가, 정말 시에나와 제이를 위한 것이었다고 확신할 수 있어? 지금도 그렇게 생각해?

……글쎄. 왜?

너와 시에나, 시에나와 대니 아저씨, 대니 아저씨와 나, 나와 너, 너와 제이…… 혹은 우리와 전혀 상관없이 들렸던 종소리일 수도 있었겠지. 그저 뭔가가 끝나고 뭔가가 시작된다는 것을 알려주기 위해서.

그렇다면, 무엇이 끝나고 무엇이 시작된 걸까? 그날?

seventeen ★ *lesson 11*
우리는 별이 아니어서

"어떤 이는 세상의 종말이 불과 함께 온다고 하고, 어떤 이는 얼음으로 온다고 하네. 로버트 프로스트."

대니는 큰 소리로 책을 읽고, 니나를 바라보며 묻는다.

"어떻게 생각해, 니나?"

"뭐가요?"

니나는 책장 뒤편에 놓인 침대를 흘끗거리면서 대답한다. 침대에서는 시에나가 잠들어 있다. 벌써 나흘째, 니나가 올 때마다 시에나는 침대 속에서 잠을 자고 있다. 대니는 여행의 후유증이라고 했지만, 니나는 시에나가 올란도처럼, 몇 달쯤 자다가 깨어나서 문득 남자가 되어버릴지도 모른다는 생각이 들었다.

"불과 얼음, 어느 쪽일까? 아니 어느 쪽이 나을 것 같아?"

"둘 다 그다지 좋진 않아요. 그래도 하나를 택하라면…… 불보다는 얼음 아닐까?"

"음."

대니는 몹시 곤란하다는 표정으로 고개를 갸우뚱거린다.

"그 책에는 뭐라고 나와 있는데요?"

"둘 다라고."

"둘 다? 불과 얼음, 두 가지가 함께 온다는 건가요?"

대니는 다시 책을 펴고, 몇 장을 넘겨 페이지를 찾는다.

"태양이 점점 커져서 언젠가는 하늘의 반을 차지하게 되고, 바다가 끓어올라 증발하고, 바위들이 녹고, 생명체들은 이미 사라졌지. 운이 좋다면 이런 일이 생기기 전에 다른 행성으로 이주를 하거나 아주 깊은 터널 속으로 들어갈 수도 있겠지만. 태양은 계속해서 펄펄 타오르다가, 십억 년쯤 지난 후에 에너지를 다 소비하고 그때부터 지구는 얼어붙는 거야. 태양은 점점 작아지고, 태양계 주위를 돌고 있는 행성들은 모두 도망가버릴 거래. 지구도 태양 속에 빨려 들어가지 않는다면, 먼 우주 어디론가 날아가버려서 찾을 수도 없게 되는 거지."

"대니 아저씨…… 마치 그런 날이 오기를 원하는 사람처럼 보여요."

대니의 반짝이는 눈동자를 보며, 니나가 말한다. 대니는 미안하다는 듯이 씩 웃고 다시 소파에 엎드려 책을 읽기 시작한다. 어둠처럼 조금씩 내려앉는 침묵이 불안해진 니나는, 대니의 옆으로 다가가서 가만히 앉는다.

"그런데 말이야, 다른 행성이나 깊은 터널 같은 곳에서 살면, 어떤 기분이 될까?"

대니는 책에서 눈을 떼지 않은 채 그렇게 말한다. 니나는 소파에 몸을 파묻고 생각한다.

'어떤 기분일까. 어쩐지 지금보다 조금 더 외로울 것 같아.'

"다른 행성이라면 몰라도, 깊은 터널에서는 절대로 살지 못할 거야, 시에나는."

대니는 그렇게 말하고 심각한 표정을 짓는다. 나나는 가만히 고개를 끄덕이며, 터널보다 더 깊은 잠 속에 빠져 있는 시에나는 지금 어디쯤 있을까, 가늠해본다.

평민의 신분으로 공주를 사랑한 남자는 '감히 공주를 사랑한 죄' 로 인해, 그 나라의 관습대로 두 개의 문 앞에 서게 된다. 똑같이 생긴 두 개의 문 뒤에는 전혀 다른 운명이 기다리고 있다. 한쪽 문에는 며칠을 굶고 포악해질 대로 포악해진 호랑이, 그리고 다른 쪽 문에는 젊은 여인. 호랑이에게 잡아먹히거나 젊은 여인과 결혼을 하거나, 남자의 운명은 둘 중 하나. 문 앞으로 끌려나온 남자는, 이제 막 벌어질 쇼를 보기 위해 기다리고 있던 사람들을 둘러본다. 귀빈석에는 그 나라의 왕과 왕비, 그리고 자신이 사랑하는 공주가 앉아 있다. 남자를 사랑하는 공주는 어느 쪽 문 뒤에 젊은 여인이 있는지 미리 알아내어, 남자가 문을 열기 전, 손짓으로 알려주겠다고 그에게 약속했다. 남자와 눈이 마주친 공주는 하나의 문을 가리킨다. 하지만 남자는 선뜻 그 문으로 다가가지 못한다. 만약 젊은 여인이 있는 문을 열면, 남자는 공주가 아닌 다른 여자와 결혼을 해야만 한다는 것을 공주는 잘 알고 있다. 사랑하는 남자가 다른 사람과 결혼하는 것, 아니면 호랑이에게 잡아먹히는 것, 공주가 원하는 것은 어느 쪽일까? 남자는 공주가 가리키는 문을 열면 살 수 있을까? 아니면 다른 쪽 문을 선택해야 살아남게 될까?

〈트리스탄과 이졸데〉의 이야기에서 트리스탄 역시 이와 같은 곤경에 처한다. 트리스탄의 상처를 치료해줄 수 있는 사람은 아일랜드의 왕녀이자 한때 서로 사랑했던 이졸데뿐, 트리스탄은 이졸데를 부르기 위해 사람을 보내고 그녀를 기다린다. 트리스탄의 병석을 지키고 있는 사람은 그의 아내, '흰 손의 이졸데'이다. 이졸데와 헤어질 수밖에 없었던 트리스탄은 같은 이름을 가진 다른 여자와 결혼을 했던 것이다. '흰 손의 이졸데'는 몸조차 일으키지 못하는 트리스탄을 대신하여, 창밖을 응시하고 있다. 트리스탄은 몇 번이나 묻는다. 이졸데를 태운 배가 항구로 들어오고 있느냐고. 마침내 배가 들어오고, 트리스탄은 그 배에 어떤 색깔의 돛이 달려 있는지 알려달라고 한다. 만약 배에 이졸데가 타고 있다면 흰 돛이, 그게 아니라면 검은 돛이 달려 있을 것이다. '흰 손의 이졸데'는 바람에 펄럭이는 하얀 돛을 보았지만, '검은 돛을 단 배가 들어오고 있다'고 거짓말을 한다. 자신의 남편이 다른 여자를 사랑하고 있으며 그 여자를 기다리고 있다는 것을 참을 수 없었기 때문이다. '흰 손의 이졸데'의 말을 들은 트리스탄은 모든 희망을 잃고 그 자리에서 숨을 거두고 만다.

한쪽 벽을 차지하고 있는 창문 너머로 햇살이 쏟아져 내리고 있었다. 비오와 니나는 어깨를 맞대고 스피커에서 흘러나오는 바그너의 오페라 〈트리스탄과 이졸데〉를 듣고 있었다. 〈사랑의 죽음〉이 막 끝난 다음이었다. 뽀얀 햇살과 이제 갓 뽑아낸 신선한 커피 향기, 그리고 낮은 속삭임들이 한낮의 음악 감상실을 채우고 있었다.

"그 남자와 공주의 이야기에는 네 가지 경우의 수가 있어."

비오는 테이블 위에 놓인 메모지에 그림을 그려가면서 니나에게 설명을 했다.

"첫째, 공주가 약속대로 젊은 여인이 있는 문을 가리켰고 남자가 그것을 믿었을 경우, 둘째, 공주는 약속을 지켰는데 남자는 믿지 않았을 경우, 셋째, 공주가 질투심 때문에 호랑이가 있는 문을 가리켰는데 남자가 그것을 믿었을 경우, 넷째, 공주의 거짓말을 남자가 믿지 않았을 경우. 네 번째의 경우, 남자는 목숨을 구하겠지만 두 사람 모두 서로를 믿지 않았다는 것 때문에 서로 상처를 받게 될 거야. 그렇다고 첫 번째 경우도 해피엔딩은 아니지. 남자는 결국 다른 여자와 결혼해야 하니까 말이야. 이 이야기의 재미있는 점은 바로 그거야."

"너 같으면 어떻게 할 건데?"

니나는 비오가 그린 호랑이가 그다지 포악해 보이지는 않는다고 생각하면서 그렇게 물었다.

"당연히 공주가 가리키는 문을 열지."

비오는 망설이지도 않고 대답했다.

"공주를 정말 사랑했다면, 믿어야 하는 거잖아. 약속을 지켰을 거라고 믿고 싶어. 그리고 만약 그 문에서 호랑이가 나와 나를 잡아먹어버린다고 해도, 그걸로 괜찮아."

"잡아먹혀 버리는데 뭐가 괜찮아?"

비오는 니나의 질문에 빙긋 미소를 지으며 말했다.

"그걸로 공주는 평생 나를 기억할 테니까. 자신을 믿지 않았던 남자보다는, 자신 때문에 목숨을 잃은 남자로 기억되고 싶거든."

"전부터 생각한 건데, 왠지 너한테는 삶이라거나 죽음 같은 게 그다지 무겁지 않은 것 같아."

니나는 비오의 얼굴에 내려앉은 반짝반짝 빛나는 햇살을 바라보며 그렇게 말했다. 그리고 곧, '아니 어쩌면 너무 무거운 건지도 몰라.'라는 생각이 들었지만, 그 얘긴 하지 않았다.

"니나, 너는 어떻게 할 거야? 네가 공주라면."

"글쎄. 아무래도 그 남자를 죽게 내버려둘 수는 없을 것 같은데."

니나의 대답에, 비오는 고개를 갸우뚱하고 니나를 바라보았다.

"하지만 말이야, 남자가 너를 믿지 않을지도 모른다는 생각은 안 해봤어? 네가 기껏 제대로 가르쳐주었는데, 그 남자가 다른 문을 선택해서 죽어버린다면 어떤 기분이 들까? 배신을 하는 쪽보다, 배신을 당하는 쪽이 더 괴롭지 않겠어?"

'리발린, 브르타뉴의 기사, 마르크, 콘월의 왕, 블랑슈플로르, 마르크 왕의 누이동생, 트리스탄, 리발린과 블랑슈플로르의 아들, 이졸데,

아일랜드의 여왕, 모롤드, 이졸데 여왕의 동생, 또 한 명의 이졸데, 아일랜드의 왕녀, 그리고 또 다른 이졸데, 흰 손의 이졸데…….'

잠에서 깨어난 대니는 자신의 귀에 들려오는 것이 바그너의 오페라 〈트리스탄과 이졸데〉 중 〈사랑의 죽음〉이라는 사실을 알아차린다. 꿈속에서 맴돌던 이름들은 그 노래 때문이었다.

"미안. 나 때문에 깼어?"

대니는 자신을 내려다보며 서 있는 시에나를 본다.

"일어났어?"

대니의 말에, 시에나는 미소를 지으며 고개를 끄덕이고 뜨거운 차를 내민다. 두 사람은 소파에 나란히 앉아 잠시 음악을 듣는다.

"무슨 생각을 하고 있어?"

시에나가 먼저 입을 연다.

"루트비히 2세."

대니가 말한다.

"바이에른의 왕이었던? 바그너의 후원자?"

시에나의 질문에 대니는 고개를 끄덕인다.

낭비벽이 있었던 바그너는 항상 누군가에게 돈을 빌리곤 했고, 결국 그로 인해 그의 재정은 파탄이 났으며, 부채 때문에 잡혀갈 지경에 이르렀다. 바그너가 무일푼으로 슈투트가르트로 도망갔을 때 그의 나이 쉰한 살이었다. 그런 그를 구원해준 사람은 열여덟 살에 왕위에 오른 바이에른의 루트비히 2세였다. 바그너의 숭배자였던 그는 즉위하자마자 바그너를 뮌헨으로 불러 〈니벨룽겐의 반지〉를 완성하도록 했고, 이후 육 년 동안 〈트리스탄과 이졸데〉, 〈뉘른베르크의 명가수〉, 〈라인의 황금〉, 〈발퀴레〉 등 바그너의 대표작들이 성공적으로 공연되었다. 그러나 각료들과 국민들은 바그너와 루트비히 2세의 우정을 곱게 보지 않았고 루트비히 2세는 일 년 후, 바그너를 추방할 수밖에 없었다.

"그 사람, 왕위에 있으면서도 나라 일에는 별로 관심이 없고 은둔생활을 하면서 이상한 성 같은 걸 지었다고 그랬지?"

시에나가 말한다.

"바그너의 오페라에 나오는 장면으로 꾸며진 동화 같은 성이었대. 험한 바위 위에 아슬아슬하게 서 있다던데."

"바그너가 추방된 뒤에도, 평생 바그너를 후원했지? 마지막에는 정신병을 앓았고."

대니는 차를 한 모금 마시고, 고개를 저으며 말한다.

"골치 아픈 왕을 쫓아내기 위해서 사람들이 그를 정신병으로 몰아간 것 같아. 결국 호수에 몸을 던져 스스로 목숨을 끊었지만. 그런데 시에나, 이제 다 잔 거야?"

"응."

시에나는 짧은 대답을 남기고 일어나서 창으로 다가간다.

"바그너별이라는 거, 알아?"

대니가 묻는다.

"그런 별이 있어?"

시에나는 창 너머 반짝이는 별들을 눈으로 헤아려보며 말한다.

"시속 오십일만 오천 킬로미터의 속도로 지구를 향해 달려오고 있는 별이래."

대니의 말에, 시에나는 잠깐 생각하고 묻는다.

"언제 도착하는데? 지구에?"

"이천육백 광년 뒤에."

십억 년쯤 지난 후에, 태양이 모든 에너지를 소비하고 지구가 얼어붙을 즈음에, 태양계 주위의 행성들이 죄다 먼 우주 어딘가로 날아가버린 후에, 우리는, 우리의 영혼은 어디쯤 있게 될까? 우리의 마음은 어디를 떠돌고 있을까? 그렇게 떠돌다가 언젠가 사랑했던 다른 영혼을 만나면, 우리는 그 영혼을 알아볼 수 있을까? 혹은 모든 기억을 까맣게 잊고 그냥 지나쳐버리게 될까?

"알아본다고 해도 어떻게 할 수 없으니까, 모르고 지나치는 쪽이 낫지 않을까."

시에나의 정원에 놓인 나무 테이블 위로 나뭇잎의 그림자들이 흔들리고 있다.

"하지만 이상해요. 아무리 세월이 많이 흘렀다고 해도 까맣게 잊어버린다는 건."

니나는 깊은 잠에서 깨어난 시에나가 금방이라도 먼지처럼 부서질 것 같다는 생각을 하며, 빤히 그녀를 바라본다.

"잊어버리게 돼. 그러고 싶지 않아도."

시에나는 어쩐지 쓸쓸한 미소를 지으며 말한다.

"어떤 사랑은 너무 무거워서, 그것을 견디지 못하는 운명이 서둘러 다른 문을 준비하는 것 같아. 일단 하나의 문을 열어버리면, 다른 세계에 편입되는 거니까."

시에나의 말을 들으며 니나는 공주를 사랑한 남자의 이야기를 떠올린다. 커다란 원형경기장, 굳게 닫힌 두 개의 문. 하나의 문 뒤에는 죽음이, 다른 하나의 문 뒤에는 원하지 않는, 그러나 받아들여야만 하는 여인이 서 있다. 남자를 그곳에 세운 것은 공주에 대한 사랑이었지만, 어느 쪽을 택하든 그 사랑을 잃어버리게 될 것이다.

"시에나는 그런 사랑을 해본 적, 있어요?"

니나의 질문에 시에나는 또 한 번 쓸쓸한 미소를 짓는다.

"만약 그랬다면, 나는 어떤 문을 열고 나온 걸까?"

"음. 아직 살아 있으니까, 죽음이 기다리고 있는 문은 아니지 않을까요."

조심스럽게, 니나가 말한다.

"꼭 그렇지만은 않은 것 같아. 그 문을 열었을 때, 내 속에 있는 무엇인가가, 아마, 죽어버렸을 거라고 생각해."

"그게 뭔데요?"

"죽어버렸으니까, 완전히 사라졌으니까, 그게 무엇인지도 알 수 없는 거야."

죽는다는 것은 완전히 사라지는 것일까? 모든 것을 까맣게 잊어버리고, 또 잃어버리는 것일까? 후드득, 바람이 몇 개의 나뭇잎을 테이블 위에 떨어뜨리고, 지나간다.

지구로부터 이천육백 광년이 떨어진 곳에서 지구를 향해 달려오고 있는 바그너별을 생각해본다. 한 시간에 오십일만 오천 킬로미터를 쉬지도 않고 달려오는 그 별이 마침내 지구에 도착했을 때, 별을 기다리는 풍경은 어떤 것일까? 십억 년이라거나 이천육백 광년 같은 시간의 단위는 우리의 상상을 초월한다. 인간은 어쩌자고 상상력을 동원하여, 상상할 수 없는 개념들을 만들어내는 것일까?

"비오는요, 자신을 믿지 않았던 남자보다는, 자신 때문에 목숨을 잃은 남자로 기억되고 싶대요."

니나의 말을 들으며, 시에나는 테이블 위에 떨어진 나뭇잎들을 하나하나 살펴본다.

"글쎄, 난 나 때문에 목숨을 버리는 남자보다는, 나를 믿지 않아도 좋으니까 그저 살아가는 남자가 좋겠는데."

'그럴지도 몰라.' 하고 니나는 생각한다. '하지만 우리는 왜 항상 둘 중 하나를 선택해야 하는 걸까? 그리고 어느 쪽도 만족스럽지가 않은 걸까?'

"트리스탄과 이졸데의 이야기를 처음 들었을 때, 왠지 자꾸 흰 손의 이졸데가 마음에 걸렸어요. 트리스탄을 구할 수 있는 사람은 이졸데밖에 없다는 것을 잘 알고 있으면서, 왜 거짓말을 했을까요? 흰 손의 이졸데는, 트리스탄이 다른 사람을 사랑하면서 살아 있는 것보다 그대로 죽어버리는 걸 바랐던 걸까요?"

어떻게 생각하면, 모든 이야기의 끝은 비극이다. 사랑과 삶을 모두 얻었다 해도, 영원한 행복이 보장되는 건 아니다. 사랑은 욕망과 질투, 수천 번의 이별과 끝없이 싸워야 하고, 삶은 죽을 때까지 죽음과 싸워야 한다.

"니나."

시에나가 낮은 목소리로 니나를 부른다.

"어쩌면 우리의 영혼은 바그너별을 만나게 될지도 몰라. 이천육백 광년 후에 말이야. 우리 영혼이 또 다른 육체를 얻어 몇 번이나 다시 태어나고, 이천육백 광년 후에 다른 행성이나 깊은 터널 안에서 살고 있을지도 모르잖아. 하지만 우리는 별이 아니어서, 바그너별 속으로 빨려 들어가거나, 먼 우주 어디론가 날아가버릴지도 몰라."

'그렇다면', 니나는 생각한다. '빨려 들어가기 전에, 혹은 어디론가 날아가버리기 전에, 바그너별에게 물어볼 수 있을까. 트리스탄과 이졸데의 영혼은 지금쯤 어디에 있는지. 사랑과 삶에서 벗어난 그들은 이제 행복한지.'

seventeen ★ *lesson 12*
그대를 위해, 건배

> 잘 가요, 안녕. 이별은 감미로운 슬픔.
> 내일이 될 때까지 '안녕'이라는 말만 되뇌고 싶어요.
> — 셰익스피어, 〈로미오와 줄리엣〉 중에서

"그 아이, 비오를 만났습니다."

제이의 말에, 시에나는 가만히 고개를 끄덕인다. 바람이 푸른 잎들을 헤치고 우수수 햇살의 가루를 떨어뜨린다. 두 사람은 은행나무 숲 속을 걷고 있다.

"전철역 앞에서 바이올린을 켜고 있더군요. 그래서 사진을 몇 장 찍었습니다. 연주가 끝나고 말을 건넬까 말까 잠시 망설이고 있는데, 갑자기 그 아이가 밥을 사달라고 했어요. 배가 고프다면서. 우리는 근처에 있는 작은 레스토랑으로 들어갔습니다. 비오는 피자 한 판과 파스타 한 접시를 깨끗이 비웠죠."

"무슨 이야기를 했어?"

시에나는 잠시 걸음을 멈추고, 부서지는 햇살의 온기를 향해 손을 뻗어본다.

"차이코프스키 얘기를 했습니다. 그 아이가 연주하고 있었던 곡이 차이코프스키였거든요. 비오는 내게, 자신의 차이코프스키가 어땠느냐고 물었습니다."

"그래서 뭐라고 대답했어?"

다시 걸음을 옮기며, 시에나가 묻는다.

"와인 속에 있는 타닌 같은 맛이 난다고 그랬죠."
"덜 익은 열매처럼 거칠고 떫은맛이 난다고, 니나는 그랬지."

후후, 웃으며 시에나가 말한다. 제이는 그렇군요, 하면서 눈짓으로 벤치를 가리킨다. 두 사람은 벤치에 나란히 앉아, 하늘을 올려다본다. 투명한 하늘이다. 너무 투명해서, 그 어떤 것도 용서할 수 없다는 듯한 표정을 짓고 있는 하늘이다.

표트르 일리치 차이코프스키는 쉰세 살이 되던 해 가을, 그의 마지막 작품 〈비창〉 교향곡의 초연을 지휘하고 그로부터 구 일 후인 1893년 11월 6일에 세상을 떠났다. 당시 그가 있던 상트페테르부르크에는 콜레라가 극성을 부리고 있었다.

"가장 일반적으로 알려진 이야기는, 그가 끓이지 않은 물을 마시고 콜레라에 걸려 죽었다는 거였거든요."

비오는 한 손으로 피자를 집어 입으로 가져가면서도 제이의 눈에서 시선을 떼지 않은 채로, 그렇게 말했다.

"그런데 그 당시 상트페테르부르크에는 콜레라가 유행하고 있었고, 콜레라 감염에 관한 위생법규가 제정되어 있었어요. 법규를 지키지 않으면 시 당국의 조사를 받아야 했죠."

비오가 피자를 먹는 동안, 제이는 비오의 다음 말을 기다리면서 그의 손을 바라보고 있었다. 크고 단단한, 그러나 어딘지 모르게 수줍어

보이는 손이었다.

"그러니까 콜레라에 걸려 죽은 사람들은 당연히 격리되어야 하는데, 차이코프스키의 시체는 그의 동생 집에 그대로 안치되어 있었대요. 조문객들이 엄청나게 몰려들었고, 그 사람들, 죄다 차이코프스키의 손이랑 이마에 입을 맞추면서 조의를 표했지만, 누구도 콜레라에 걸리진 않았어요."

"그럼, 차이코프스키는 콜레라가 아니었다는 건가?"

"모르죠. 하지만 설사 콜레라라고 해도 이상하잖아요? 어째서 끓이지 않은 물을 마셨을까요?"

"글쎄. 죽고 싶었거나, 죽어도 괜찮다고 생각했거나, 그런 거였을까?"

비오는 대답 대신 제이를 가만히 바라보다가, 피자 한 쪽을 내밀었다. 제이는 잠자코 그것을 받아 들었지만, 입으로 가져가진 않았다. 아랑곳하지 않고, 비오는 이야기를 계속했다.

"두 번째 설은, 〈비창〉에 대한 사람들의 반응이 너무 냉담해서 상처 입은 차이코프스키가 자살을 해버렸다는 거였어요."

그가 세상을 떠나기 한 해 전, 차이코프스키는 조카 보브 다비도프에게 보낸 편지 속에서, 파리 여행 중에 새로운 교향곡에 대한 착상을 떠올렸다는 소식을 전하고 있다. '여행 중 마음속으로 이 음악을 작곡하면서, 나는 자주 눈물을 흘렸다. 집으로 돌아와 악보를 쓰면서, 아직 내 인생이 끝나지 않았다는 것을 느끼고 얼마나 기뻐하고 있는지 모른다.'라고 그는 썼다. 그러나 1893년 10월 28일, 차이코프스키의 지휘로 초연된 교향곡 6번 〈비창〉은 일반인들에게도 비평가들에게도 호응을 얻지 못했다. 사람들은 그의 영감이 이제 고갈되어가고 있다고 말했다.

"하지만 차이코프스키가 자살을 결심할 만큼 실망했다고는 생각하지 않아요. 그는 이미 예상하고 있었거든요. 발표하기 전부터, 〈비창〉 교향곡에 대한 반응은 그다지 호의적이지 않을 거라고 생각하고 있었어요. 그럼에도 불구하고 그는 확신에 가득 차 있었죠. 자신의 모든 작품들 중에서 가장 훌륭한 작품을 완성했다고 말이에요. 그런데 초연이 끝나고 구 일이 지난 후, 갑자기 세상을 떠나버린 거예요."

"그럼, 또 다른 가설은 어떤 거지?"

제이의 질문을 받은 비오는 잠시 고개를 갸웃거리다가, 금방 날라져 온 파스타 접시를 앞으로 끌어당기며 말했다.

"많은 사람들이 차이코프스키의 죽음을 자살이라고 믿었어요. 자신의 의지에 의한 자살이 아닌, 강요에 의한 자살이라고."

"그 사람, 동성애자였다고 들었어."
"비오도 그렇게 말하더군요."
제이는 가방에서 차가운 물병을 꺼내어 시에나에게 건넨다. '이상한 사람이야. 목이 마르다는 말을 하지도 않았는데. 아니, 물병을 보기 전까지 난 내가 목이 마르다는 것도 몰랐는데.' 시에나는 그렇게 생각하며, 물병을 받아 들어 한 모금 마신다.

"차이코프스키는 1893년 10월 31일에 '명예법정'에 소환되었대요. 러시아의 귀족 한 사람이, 자신의 조카와 차이코프스키가 동성애 관계라는 것을 알고, 차이코프스키와 같은 법률학교를 다녔던 사람에게 한 통의 편지를 건네줬어요. 그 편지를 차르에게 전해서, 차이코프스키를 처벌해달라고 말이죠. 하지만 편지를 받은 사람은 모교의 명예를 더럽히는 소문이 퍼지는 것이 두려워서, 차르에게 편지를 전하는 대신 같은 학교를 졸업한 친구 여섯 명을 모아 '명예법정'을 열고 차이코프스키를 소환했어요. 그를 재판하기 위해서 말입니다."

"그럼 그 사람들이, 차이코프스키가 죽음으로 자신의 죄에 대한 대가를 치러야 한다는 결론을 낸 거야?"

"그런 기록이 있답니다. 차이코프스키는 그 집회가 열리고 육 일 후에 죽었거든요. 그들이 내린 결론도 결론이었지만, 스스로도 자신이 동성애자라는 소문이 퍼지는 것을 두려워했으니까, 충분히 가능한 얘기죠."

"그 사람은 평생 동안 자신의 동성애적 성향 때문에 수치를 느꼈으니까. 그런데 이젠 온 세상 사람들이 다 아는 이야기가 되어버렸어."

시에나는 물병 속에 든 물을 흔들어본다. 찰랑찰랑, 작은 물병 안에서 물결이 인다.

"⋯⋯강요에 의한 자살 같은 건, 생각해본 적이 없었어요."

"하지만 한편으로 생각하면, 자살을 결심하는 사람은 어떤 식으로든 강요를 당하는 것 아닐까?"

시에나의 말에, 제이는 잠깐 생각해본다.

"그럴 수도 있겠군요. 하지만 어떤 것이 사람을 죽음으로까지 몰고 가는 거죠?"

"글쎄. 어떤 사람은 치욕이라고 말하기도 하지만, 가장 흔한 건 사랑이 아닐까."

"사랑⋯⋯? 로미오와 줄리엣처럼?"

"그리고 피라모스와 티스베처럼."

고대 로마의 시인이었던 오비디우스는 B.C.43년에 이탈리아에서 태어났다. 코린나라는 이름의 여자를 주인공으로 한 사랑 이야기 〈사랑도 가지가지Amores〉, 옛 전설 속의 유명한 여인들이 남편이나 애인에게 보내는 편지들로 이루어진 〈여류의 편지Heroides〉, 그리고 신화와 전설 속의 변신 이야기를 다룬 〈변신 이야기Metamorphoses〉 등이 그의 대표작이다. 그 중 〈변신 이야기〉에 실린 〈피라모스와 티스베〉는 아서 브루크의 시 〈로미오와 줄리엣의 슬픈 이야기〉, 그리고 셰익스피어의 〈로미오와 줄리엣〉을 태어나게 한 이야기로도 알려져 있다.

피라모스와 티스베의 집은 벽 하나를 사이에 두고 나란히 서 있었지만, 두 사람의 부모들은 로미오와 줄리엣의 집안처럼 앙숙이었다. 그래서 두 사람은 부모들의 눈을 피해 서로의 마음을 확인할 수밖에 없었다. 어느 날 피라모스와 티스베는 두 집 사이에 있는 벽에 갈라진 틈이 있다는 것을 발견했다. 그때부터 그들은 갈라진 틈을 통해 서로의 목소리를 전하며 사랑을 속삭였다. 그러나 날이 갈수록 서로에 대한 갈망이 커져갔고, 사랑의 밀어를 나누는 시간보다 한숨을 쉬는 시간이 많아졌다. 마침내 그들은 마을 사람들과 부모들의 눈을 피해 같이 도망을 가기로 하고, 깊은 밤, 어느 왕릉의 나무 아래에서 만나기로 했다.

  캄캄한 밤이 이르자, 티스베는 아무도 모르게 집에서 빠져나와 나무 아래에 도착했다. 그런데 그녀를 향해 걸어온 것은 기다리던 피라모스가 아니라 금방 들짐승을 잡아먹고 입가에 피를 뚝뚝 흘리면서 물을 마시러 온 한 마리의 사자였다. 깜짝 놀란 티스베는 사자가 나무 옆에 있는 샘의 물을 마시는 동안 근처에 있는 동굴로 도망쳤다. 그런데 너무 급히 도망치다가 어깨에 두르고 있던 숄을 떨어뜨리고 말았다. 시간이 흐르고, 피라모스가 그 자리에 도착했을 때, 그가 본 것은 사자의 발자국과 피 묻은 티스베의 숄이었다. 사랑하는 여인이 사자에게 잡혀먹은 것이라고 확신한 피라모스는 그 자리에서 허리에 차고 있던 칼을 뽑아 자신을 찔렀다. 동굴에 숨어 있던 티스베가 다시 나왔을 때, 그녀가 발견한 것은 이미 싸늘하게 식은 피라모스의 시체였다.

"그대의 손, 그대의 사랑이 그대를 죽였군요, 티스베는 그렇게 말을 하고 피라모스의 칼로 자신의 심장을 찔렀어."
시에나의 말에, 제이는 아무런 대답도 하지 않는다.
"그런 거, 가능하다고 생각해? 어느 한 사람에게 자신의 모든 삶을 다 걸었다가, 그 사람이 사라지면 삶 자체를 포기하게 되는 거 말이야."
"내가 묻고 싶은 질문이군요."
"어째서?"
"시에나에겐 어쩐지 그런 경험이 있는 것처럼 보여서요."
시에나는 후후, 하고 웃고 제이에게 물병을 건네준다. 제이의 입술은 바싹 말라 있다.
"내가, 그럴 수 있는 사람 같아?"
"글쎄요. 그럴 수 있는 사람, 없는 사람으로 나눌 수 있는 건 아니라고 생각되는데…… 그저 그런 사람을 만나는 사람과 만나지 않는 사람이 있는 것 아닐까요."
제이는 그렇게 말하고, 물병에 입을 대지 않은 채 입 안으로 물을 흘려 넣는다. 그의 입술에 몇 개의 투명한 물방울들이 맺힌다.
"만약 그렇다면, 그런 사람, 만나지 않는 게 좋겠어."
"하지만 이미 만나버렸다면 어떻게 하죠?"

제이의 말에 시에나는 그를 빤히 바라보고, 제이는 살짝 얼굴을 붉히지만, 그녀의 시선을 피하지는 않는다.

"빵이 아직 따뜻해요."

파스타 접시가 다 비었다. 비오는 접시에 남은 소스를 빵에 찍어 먹고, 콜라를 마시고, 냅킨으로 손을 닦으며 말했다.

"뭐 좀 더 먹을래?"

제이의 말에 비오는 고개를 흔들었다.

"차이코프스키는 그 전에도, 몇 번이나 자살시도 비슷한 걸 했어요."

"어떤 식으로?"

"가족들이 그를 상트페테르부르크에 있는 법률학교의 기숙사로 보냈을 때, 그는 열 살이었어요. 어머니와 떨어지기 싫었던 차이코프스키는 엄청나게 반항했지만, 결국 그의 어머니는 그를 떼어놓고 떠났대요. 그는 자신을 붙잡고 있던 사람들의 손을 뿌리치고 달리는 마차에 뛰어들었어요."

"하지만 그 사람, 결혼을 했던 걸로 알고 있는데."

웨이트리스가 두 잔의 커피를 가져왔다. 커피는 지나치게 뜨거웠다.

"했죠. 안토니나라는 음악학교 학생이 열렬한 구애를 했는데, 그녀를 받아들일 수 없었던 차이코프스키는 수치를 무릅쓰고 자신이 동성애자라는 사실까지 털어놓았대요. 하지만 안토니나는 자신의 사랑을 받아주지 않으면 죽어버리겠다고 협박했고, 결국 두 사람은 결혼을 했어요. 그리고 차이코프스키는 두 번째 자살시도를 했죠. 한겨울에 모스크바 강 속으로 걸어 들어갔다는데, 폐렴에라도 걸려 죽어버렸으면, 하고 바랐던 거죠."

"그래서 어떻게 됐어?"

"두 사람의 결혼생활은 삼 개월 남짓으로 끝났지만, 안토니나가 이혼을 해주지 않아 두 사람은 평생 부부관계로 살았어요. 차이코프스키도 나름대로 최소한의 의무는 이행한 것 같아요. 생활비도 보내주었다니까요. 하지만 안토니나는 그 일로 상처를 입었던지, 마지막에 정신병원에 들어가서 죽고 말았죠."

"그 여자는 사랑에서 벗어날 수 없었던 걸까, 아니면 치욕이 두려웠던 걸까?"

"제이 아저씨는 이상한 사람이에요."

비오가 말했다.

"뭐가?"

"그 여자를 이해하려고 하잖아요."

"어쩔 수 없잖아. 사랑으로든 미움으로든 자신을 파멸시킨 사람을 만나버렸으니까."

제이의 말에, 비오는 조용히 숨을 내쉬고 대답했다.

"설사 그렇다고 해도, 그런 걸로 쉽게 죽을 수는 없어요. 그래선…… 안 되는 거예요."

천천히 해가 지고 있다. 이제 하늘은 푸른빛을 잃고 바람의 무게는 조금 더 깊어진다. 제이는 자신이 두르고 있던 머플러를 풀어 시에나의 목에 둘러준다.

"줄리엣이 독약을 마시기 전에 마지막으로 한 말이 뭔지, 기억해요?"

제이가 말한다.

"그 약은 목숨을 앗아가는 독약이 아니었어. 사십이 시간 후에 다시 깨어나는 약이었으니까……"

시에나의 차가운 손에 제이의 손이 닿는다. 그녀는 갑자기 하려던 말을 잊어버리고 입을 다문다.

"약을 준 신부는 줄리엣이 다시 깨어날 거라고 말했지만, 난 줄리엣이 그 말을 완전히 믿었다고 생각하진 않아요. 혹시 깨어나지 못하고 그대로 죽어버리면 어떡하나, 혹시 눈을 떴을 때 로미오가 돌아와 있지 않으면 어떡하나, 두 번 다시 로미오를 만나지 못하면 어떡하나…… 하지만 줄리엣은 다른 길을 선택하지 않았습니다. 그대를 위해 건배, 라고 말하고 약을 마셔버렸죠."

시에나는 제이에게 잡힌 손을 차마 빼내지 못한 채, 다른 이야기를 꺼내지도 못하고, 그대로 앉아 있다.

"싸늘하게 식은 줄리엣을 본 로미오는 준비해온 약을 꺼내 들고 이렇게 말했죠. 그대를 위해, 건배."

"미안해, 제이."

시에나는 자리에서 일어나며, 그렇게 말한다.

"뭐가요?"

"나는 사랑을 위해서도, 다른 사람을 위해서도, 독약을 마실 수 없어. 누군가를 위해 죽을 수 있는 사랑 같은 거, 난 믿지 않아."

제이의 슬픈 눈을 바라보면서, 시에나는 투명한 미소를 짓는다. 그 미소의 끝으로, 아주 투명한 눈물이 살짝 맺혔다 사라진다.

seventeen ★ *lesson 13*
안녕, 시에나

전화벨이 울린다. 아주 오래전, 아주 깊은 우물 속에 누군가 던져놓은 전화로부터 울리는 것처럼, 멀고 느린 소리로 울린다. 처음에 니나는 그것이 전화벨 소리라고 생각하지 못하고, 잠결에 몸을 뒤척이며 그대로 내버려둔다. 그러나 전화벨은 끈기 있게, 반복하여, 일정한 속도와 일정한 크기를 유지하면서 언제까지나 울린다. 마침내 니나는 그 소리를 멈출 사람이 자신밖에 없다는 것을 깨닫고, 자리에서 일어난다. 전화기를 향해 손을 뻗으며, 니나는 시계를 본다. 오전 여섯 시 십오 분.

"네……."

니나의 응답에도 불구하고 수화기 저편에서는 침묵이 이어진다. 다시 한 번 시계를 본 니나는, 비로소 여섯 시 십오 분에 전화를 걸어온 사람이 누굴까, 라는 데 생각이 미친다.

"누구세요?"

수화기 저편에서, 아주 깊은 우물 속에서 들려오는 듯한 낮은 한숨 소리가 흘러나온다.

"니나."

'니나'의 '나'를 2도 낮게 부르는 그 목소리는 시에나의 것이다.

"시에나?"

"그래. 깨워서 미안해."

"지금 어디예요?"

시에나의 목소리가 가까워졌다가 멀어지는 사이, 웅웅거리는 소음이 두 사람 사이를 막아선다. 어디 행 비행기가 곧 이륙하니까 아직 탑승하지 않은 사람은 서둘러 몇 번 게이트로 가라는 안내방송, 사람들의 발자국 소리와 목소리들이 소음 속에 뒤섞여 들린다.

"좀 일찍 나왔나 봐. 잠이 안 와서."

시에나의 목소리 사이로 이번에는 동전 떨어지는 소리가 뚝, 뚝, 참을성 없이 들린다.

"어딜 일찍 나와요? 거기, 공항이에요? 어디 가는데요?"

니나의 목소리가 조금씩 높아진다.

"니나."

이번에는 2도 높은 '나'로 끝나는 '니나'이다. 니나는 귀를 쫑긋 세우고 시에나의 다음 말을 기다린다.

"다 괜찮을 거야. 그리고……."

뚝, 하고 전화가 끊어진다.

"시에나! 시에나? 여보세요?"

니나는 끊어진 전화를 멍하니 들고 있다가 시에나의 휴대폰으로 다시 걸어본다. 그녀의 휴대폰에서는, 사용이 정지된 전화라는 안내음성만 반복된다.

시에나는 손바닥 안에 놓여 있는 두 개의 동전을 들여다본다. 몇 마다는 더 할 수 있었는데, 왜 동전을 넣지 않았던 걸까. 어쩌면 니나에게 더 이상 할 이야기가 없었던 것인지도 모르겠다. 그저 떠나기 전에 목소리를 듣고 싶었던 것일 뿐. 하지만 그녀는 니나에게 무엇인가 설명을 해주고, 니나의 이야기를 들어주었어야 할지도 모르겠다. 어찌 되었거나, 전화는 끊어졌다.

  손목시계는 여섯 시 이십 분을 가리키고 있다. 탑승을 하려면 아직 두 시간 정도가 남아 있다. 슈트케이스는 이미 부쳤고, 탑승권도 받았다. 그러나 시에나는 공항 밖에서 조금 더 시간을 보내기로 한다. 잠시 후면 열 시간이 넘게 비행기 안에 갇혀 있어야 하는데, 벌써부터 창을 열 수도 없는 실내로 들어가긴 싫다. 차가운 녹차를 하나 사고, 서점에서 책 한 권을 고르고, 바람이 부는 적당한 장소를 찾아 하늘이 천천히 밝아오는 것을 지켜본 다음에 들어가도 늦지 않을 것이다. 서점에서, 그녀는 너무 쉽게 읽히지 않을, 너무 짧지 않은 책을 고르기 위해 잠시 고심한다. 그렇다고 스토리가 너무 복잡하거나 산만해서도 안 된다. 집중력이 한 번 떨어지고 나면, 지금 비행기 안에 있다는 사실, 무슨 짓을 해도 그곳에서 빠져나올 수 없다는 사실이 계속 생각날 것이다. 그녀는 평소 같으면 잘 읽지 않을 스티븐 킹의 소설 하나를 고른 후, 잠깐 망설이다가 피츠제럴드의 〈위대한 개츠비〉 영역판을 집어 든다. 이 정도면 몇 시간은 버틸 수 있을 것이다.

  이제 시에나는 공항 밖으로 나와 하늘을 올려다본다. 다시 돌아올 수 있을까. 돌아오게 될까. 그런 생각을 하다가 시에나는 머리를 흔든다. 미래에 대해서는 아무것도 모른다. 딱히 알아야 할 이유도 없고.

택시 안에서, 니나는 휴대폰을 집에 두고 왔다는 것을 깨닫는다. 서둘러 나오느라 미처 챙기지 못한 것이다. 공항으로 가면서 대니에게 전화를 해봐야지, 생각했는데 그럴 수가 없게 되었다. 미터기를 바라보면서 니나는 급히 챙겨온 비상금으로 택시비를 다 지불할 수 있을까, 잠깐 걱정한다. 그러다가 공항에서 시에나를 만날 수 있을까에 대한 걱정으로 옮겨 간다. 이미 개찰구 안으로 들어가버렸다면, 티켓이 없는 니나로서는 시에나를 만날 수 있는 방법이 없다. 안내방송으로 찾아달라고 할 수도 있겠지만, 시에나를 태운 비행기가 벌써 이륙을 했을 가능성도 있다.

'집에서 나오기 전에 대니 아저씨에게 먼저 전화를 해서, 몇 시 비행기냐고 물어봤어야 했는데. 어쩌면 대니 아저씨가 함께 있을지도 모르는데.'

그런 생각을 하다가 니나는 갑자기 제이를 떠올린다. 시에나가 누군가와 함께 있다면, 대니가 아니라 제이일지도 모른다.

'좀 어색할 수도 있지만, 어쩔 수 없지. 그렇다고 시에나를 그냥 보낼 수는 없어.'

니나는 한숨을 쉬면서 그렇게 생각을 정리한다.

'어디론가 멀리 떠나서, 다시는 돌아오지 않을 사람 같았어. 그러니까 이대로 헤어지게 되진 않을 거야. 분명히 만날 수 있어.'

니나는 스스로에게 다짐을 시키면서 차창밖을 응시한다. 강이 끝나고 바다가 보이기 시작한다.

베를린의 트럭 운전사, 슈테른에게 엽서가 온 것은 일주일쯤 전이었다. 한때 안나와 함께 살았고 그 후 줄곧 혼자 살아왔던 집이 한동안 비게 되었으니까, 언제든지 와서 원하는 만큼 머물러주었으면 한다는 내용이었다.

"어째서 내가 이곳을 떠나고 싶어 할 거라고 생각했어요?"

늦은 밤, 그에게 전화를 걸어 시에나는 그렇게 물었다. 슈테른은 별다른 대답도 설명도 없이 짧게 웃었다.

"당신은 어디로 가는데요?"

시에나의 두 번째 질문 뒤에 잠깐의 침묵이 이어졌다. 슈테른은 망설이고 있었다. 어떤 대답을 해야 할까, 하고.

"시에나. 내가 어릴 때, 혼자 달에 가서 살고 싶어 했다는 얘기, 기억납니까?"

"기억나요. 혼자서라면 잘 해낼 수 있을 것 같다고 그랬잖아요."

슈테른은 다시 입을 다물었다.

"진짜, 달에 갈 생각이에요?"

"아마. 아니면 달과 비슷한 곳이라고 해둡시다."

"엘리엇 스미스처럼, 이 세상에서 완전히 사라질 생각은 아니겠죠?"

시에나의 말에, 슈테른은 큰 소리로 웃었다. 시에나는 더 이상 묻지 않고, 일주일 후에 출발하겠다고 대답했다.

"그럼 그때까지 이곳에 있겠습니다. 당신이 도착하면 맛있는 빵을 살 수 있는 가게를 알려주고, 집 열쇠를 주고, 그 다음에 떠나도록 하죠."

"그래요. 베를린에 도착해서 연락할게요."

전화를 끊고 나서, 시에나는 방금 자신이 하나의 결정을, 어쩌면 중요할 수도 있는 결정을 내렸다는 사실을 깨달았다. 슈테른과 통화하기 전까지는 그저 막연한 기분뿐이었는데, 이제는 일주일 후에 반드시 떠나지 않으면 안 될 것처럼 여겨졌다.

'그러니까 아직 아무에게도 얘기하지 말아야겠어.'

그래서 시에나는 니나에게도, 제이에게도, 대니에게도 아무 말 하지 않은 채, 조용히 일주일을 보냈다. 물론 대니는 알고 있었다. 떠나기 전날 밤, 식탁 위에 한 병의 와인과 몇 개의 토마토를 올려놓는 것으로 대니는 시에나를 보낼 준비를 마쳤다.

"왜 얘기하지 않았느냐고 안 물어봐?"

시에나의 말에, 대니는 이상하다는 표정을 지었다.

"어차피 떠날 거였잖아. 미리 얘기했다고 해서 달라지는 것도 아니고. 내가 가지 말라고 한다고 해서 안 갈 것도 아니고."

"그래도 가지 말라고 한번 해봐."

"싫어."

대니는 분명한 어조로 잘라 말하고, 와인을 땄다.

택시에서 내리자마자, 니나는 시에나를 발견한다. 공항 입구에 놓여 있는 작은 벤치에 앉아 책을 읽고 있던 시에나는, 니나를 보고도 별로 놀라지 않는다. 니나는 시에나를 무사히 만난 것보다, 택시비를 내고도 아직 남아 있는 비상금 때문에 안도의 한숨을 내쉰다.

"아직 안 들어갔네요."

니나는 시에나의 옆자리에 앉아, 그녀가 읽고 있던 책을 넘겨다본다.

"시간이 얼마나 있어요?"

"글쎄. 십 분이나 이십 분쯤?"

니나는 고개를 끄덕이고, 무슨 말을 해야 할까 생각한다. 하고 싶은 이야기가 많았는데, 하나도 기억나지 않는다.

"너무 오래 있진 말아요."

니나는 겨우 그렇게만 말하고, 시에나는 대답 대신 빙긋 웃는다.

"대니 아저씨는? 그리고⋯⋯ 그⋯⋯."

니나는 제이의 이름을 쉽게 말하지 못한다.

"대니는 집에 있어. 그리고 제이라면…… 얘기 안 했어."

"나중에 알게 되면 섭섭해할걸요."

"괜찮아. ……괜찮을 거야."

"이 다음에라도 내가 혹시 만나게 되면…… 뭐 전해줄 말 같은 거 없어요?"

시에나는 고개를 흔든다.

"대니가 우리 집에 있으니까, 가끔 들러줘."

"그럴게요."

시에나는 자리에서 일어난다.

"오래 있진 말아요."

이별의 인사 대신, 니나는 이미 한 말을 되풀이한다. 시에나는 대답 대신 다시 한 번 미소를 짓고, 천천히 돌아선다.

공항버스 안에서, 니나는 비행기가 이륙하는 모습을 바라본다. 시에나가 탄 비행기인지 아닌지는 모르겠지만, 니나는 지금 막 하늘을 향해 올라가는 비행기를 향해 조그맣게 소리 내어 '안녕, 시에나' 하고 말해본다. 비행기 안에서, 시에나는 멀어지는 땅을 내려다보다가, 손에 들고 있던 책으로 시선을 옮긴다. 책갈피 사이에는 두 장의 엽서가 꽂혀 있다. 하나는 일주일 전 슈테른에게서 온 것이고, 다른 하나는 제이에게 부치려다가 만 엽서이다.

시에나는 그 엽서를, 탑승하기 직전에 샀다. 제이, 라고 써놓고 더 이상 아무 말도 쓸 수가 없어서, 그대로 책갈피에 끼워 넣은 것이다. 비행기가 완전히 이륙을 하고 안전벨트의 사인이 꺼진 후, 시에나는 다시 엽서를 쓰기 위해 펜을 잡는다. 하지만 여전히 단 한마디의 말도 생각나지 않는다. 시에나는 잠시 엽서 위에 쓰인 '제이'라는 글씨를 물끄러미 바라보다가, 찢기 시작한다. 한 번, 두 번, 세 번, 네 번…… 옆자리에 앉아 있는, 파란 눈동자를 가진 여자가 조금 놀란 듯한 얼굴을 하고 시에나를 바라본다. 시에나는 그녀를 향해 빙긋 미소를 짓고, 다시 책으로 시선을 돌린다.

"왜 그냥 보냈어요?"

집으로 가는 대신, 대니를 만나기 위해 시에나의 집에 들른 니나는 그를 보자마자 다짜고짜 그렇게 묻는다.

"빵 좀 먹을래? 오렌지도 지금 막 갈았는데."

아무 일도 없다는 듯, 대니는 태연한 얼굴로 말한다.

"무서웠던 거군요. 시에나가 대니 아저씨에게 상처를 입히는 게."

그렇게 말을 해놓고, 니나는 자신이 너무 공격적으로 이야기를 한 게 아닌가 하고 후회한다. 하지만 대니는 선선히 고개를 끄덕이며 니나의 말을 수긍한다. 지금 와서 더 이상 따져봤자 어쩔 수 없다고 생각하며, 니나는 대니가 가리키는 식탁 앞에 앉는다. 금방 구워낸 빵에 버터를 듬뿍 발라 한 입 베어 물고, 달콤한 향기를 풍기고 있는 싱싱한 오렌지주스를 마신다. 식탁 위에는 커다란 접시가 하나 놓여 있고, 접시 안에는 다섯 개의 토마토가 얌전히 담겨 있다.

"토마토네요."

"토마토야."

두 사람의 대화가 잠시 끊어진다. 니나는 언젠가, 대니가 시에나에게 토마토를 선물로 주었다는 이야기를 기억해낸다.

"시에나를 위한 크리스마스 선물이었어요?"

"그런 셈이지."

"하지만 크리스마스는 아직 멀었는데."

대니는 말없이 빵을 먹고, 니나는 그런 대니를 가만히 바라보다가 다시 입을 연다.

"그때까지 돌아오지 않을 것 같아요?"

"모르지. 미래의 일은 아무도 모르는 거니까."

"저기, 대니 아저씨. 내가 보기에는……."

"빵, 더 먹을래?"

니나가 말을 맺기 전에, 대니가 끼어든다.

"두 사람, 그러니까 대니 아저씨와 시에나는 함께 있어야 할 사람들이에요."

아랑곳없이, 니나는 하려던 말을 마저 한다.

"시에나 옆에 있어야 할 사람은 베를린의 트럭 운전사도 아니고 제이도 아니에요. 대니 아저씨예요."

말을 하면서, 니나는 문득 자신이 한 이야기에 대한 강한 확신을 느낀다.

"그렇지 않아요? 아저씨도 그렇게 생각하고 있는 거죠? 아니, 생각이 아니라, 알고 있는 거죠?"

대니는 빙긋 미소를 짓는다.

"그래, 알고 있어. 나도."

"아마 시에나도 알고 있을 거예요."

후두둑, 갑자기 빗소리가 들리기 시작한다. 두 사람은 동시에 정원 쪽을 바라본다.

"이제 어떻게 할 거야? 모처럼 일요일인데. 비오라도 만나지 그래?"

대니의 목소리는 약간 쓸쓸하게 들린다.

"어떻게 할 거예요? 대니 아저씨는. 이제."

대니의 대답을 대신하듯, 시에나가 없는 시에나의 정원 위로, 세찬 빗줄기가 쏟아진다.

seventeen ★ lesson 14
제이의 후회

'저 사람은 누굴까.'

스타벅스의 야외 테이블 앞에 앉아, 횡단보도 건너편에서 막 길을 건너려고 하는 한 남자를 바라보며, 니나는 생각한다. 한때 니나는 일기장에 매일 그에 관한 이야기를 썼다. 니나는 그를 제이라고 불렀다. 제이는 그의 이니셜도 아무것도 아니니까, 누군가 일기장을 보게 되더라도 그가 바로 그 사람이란 걸 절대로 알지 못할 거야, 하고 니나는 생각했다.

그때 니나는 하루 이십사 시간 동안 제이에 대한 생각만 하며 살았다. 그를 떠올리는 것은 조금도 즐겁지 않았다. 작은 바늘에 의해 피부가 콕콕 찔리는 것 같은 통증을 동반하는, 아프고 쓰린 기억들이었다.

'그런데 이제 더 이상 아프지 않아. 저 사람이 나를 만나기 위해 길을 건너고 있는데도.'

니나는 이마를 약간 찌푸리면서 제이는 누구일까, 생각해본다. 조금 건조하고 조금 피로한 듯한 목소리, 어딘가 먼 곳을 응시하는 듯한 쌍꺼풀이 없는 눈, 가늘고 긴 손가락과 짧게 깎은 손톱, 여자친구와 약혼반지를 사러 갔다가 갑자기 사과나무를 보러 간 남자. 그곳에서 제이는 대니를 만났고, 당연한 수순처럼 시에나를 만났다. 시에나에 대한 제이의 감정은, 니나도 잘 알고 있었다. 그는 자신의 마음을 깊이 숨겨둘 수 있는 사람이 아니었다. 이상하게도, 니나는 그 모든 것을 이해할 수 있었다.

"언제 왔어?"

니나의 맞은편 자리에 앉으며, 제이가 묻는다.

"조금 전에요."

니나의 목소리는 예전처럼 떨리지 않는다. 그녀의 심장도 여느 때처럼, 규칙적으로 뛰고 있다. 두 사람 사이에 잠시 흐르는 침묵도, 알아차릴 수 없을 만큼 가볍다.

"시에나, 떠났어요."

니나는 아무런 예고 없이 툭, 하고 말을 던진다. 제이의 얼굴에 당황한 기색이 떠오른다.

"몰랐어요?"

"……잠깐만."

니나의 시선을 피하며, 제이는 일어서서 안으로 들어간다. 주문을 하기 위해 카운터로 걸어가는 제이의 뒷모습을 보면서, 저 사람, 그다지 키가 크지 않았구나, 하고 니나는 생각한다.

사람이 사람에게 관심을 갖게 되는 일, 호감을 느끼는 일, 누군가를 사랑한다고 생각하는 일, 그런 일들은 언제든지 일어날 수 있고, 지금도 일어나고 있다. 하지만 우리는 어떻게 해서 어느 특별한 한 사람을 그 대상으로 삼게 되는 걸까.

'사랑의 유통기한은 삼백 일'이라는 이론을 내놓은 것은 미국 코넬

대학의 신시아 교수이다. 그에 따르면 인간이 사랑에 빠져 낭만적이고 열정적인 상태로 지내는 기간은 십팔 개월에서 삼십 개월이고, 일 년 정도가 지나면 오십 퍼센트 이상의 열정이 사라지는 게 정상이라고 한다. 우리에게 사랑의 감정을 느끼게 하는 것은 네 가지 호르몬이며, 이성과 지성을 관할하는 도파민, 열정적이고 감정적인 사랑을 느끼게 하는 페닐에틸아민, 걱정에 휩싸이게 하는 엔도르핀, 그리고 성적인 만족감을 높여주는 옥시토신이 그 호르몬들이라는 것도 잘 알려진 사실이다.

이 세상에 정말 운명의 상대라는 것이 존재한다고 해도, 우리는 그 상대를 항상 알아볼 수 있는 게 아니다. 사랑이라는 감정은 어떤 식으로든 우리의 정신이 각성되어 있는 상태에서 찾아온다. 기쁨이나 슬픔, 아픔이나 불안, 고통 등으로 인해 완전히 깨어 있을 때, 사람들은 사랑에 대해서도 무방비 상태로 노출된다. 사랑하는 사람과 이별을 한 직후 다른 사랑에 쉽게 빠지는 것은 그 때문이다.

사랑에 빠지는 것, 열정이 식는 것, 또 다른 사랑을 찾는 것, 이 모든 것은 어떤 식으로든 살아남고자 하는 인간의 본능이다. 사랑에 빠진 상태, 과학적으로 말하면 우리 뇌 속의 도파민 수치가 높아진 상태를 인간은 오래 견디지 못한다. 너무 많은 에너지가 사랑을 위해 바쳐지기 때문이다. 마음은 언제까지나 눈물겹도록 아름다운 사랑 속에 머물고 싶어 하지만, 몸과 마음을 건강하게 지키고 싶어 하는 우리의 본

능은 그것을 용납하지 않는다. 어느 날 문득, 둘 중의 한 사람은 자신의 마음이 변했다는 것을 느낀다. 먼저 변하거나 나중에 변하거나, 기껏해야 그 정도의 차이이다. 나중에 변하는 사람으로서는, 자신의 마음 역시 언젠가 변할 것이라는 것을 믿지 못할 테지만.

사랑의 상처를 입은 사람은 본능적으로 또 다른 사랑을, 뇌 속의 도파민 수치를 높여줄 누군가를 찾는다. 모든 것이 되풀이된다.

"너무나 사랑하는 남자와 갓 결혼을 한 여자가, 자신의 엄마를 찾아가서 하소연을 하는 거야. 여전히 그 남자를 사랑하고 있는데, 그 남자의 친구와 사랑에 빠져버렸다고, 자신은 정말 이상하고 용서받지 못할 여자라고."

제목도 기억나지 않는, 오래전에 읽은 책이었다.

"그래서?"

비오는 샌드위치를 한 입 베어 물며 니나의 다음 이야기를 기다렸다.

"그랬더니 그 여자의 엄마가, 사랑에 빠진 사람일수록 다른 사랑에 빠질 확률이 높아지는 거라며, 특별히 너만 이상한 게 아니라고 얘기했어."

"그런 건가."

"그런 거래."

비오는 고개를 끄덕였지만, 뭔가 이해가 잘 안 된다는 표정으로 다시 물었다.

"그런데 어째서?"

"글쎄, 나도 잘 모르겠지만, 마음이 말랑말랑하고 예민해진 상태니까, 이를테면 주파수 같은 걸 다른 사람보다 쉽고 빠르게 감지할 수 있는 건 아닐까?"

"흠. 그런 건가. 그런데, 결국 그 사람들, 어떻게 되는 거야?"

"기억이 안 나. 그 책의 다른 이야기들은 까맣게 잊어버리고, 그냥 그 한 장면만 생각이 나."

비오는 남은 샌드위치를 입 속으로 밀어 넣고, 손가락에 묻은 소스를 냅킨으로 닦아낸 다음, 천천히 물 한 컵을 다 마셨다.

"누군가를 사랑하게 되면, 그 사람 말고 다른 사람은 안 보이는 거 아닌가?"

혼잣말처럼, 비오는 그렇게 말했다.

"꼭 그런 건…… 아닌가 봐."

니나는 자신 없는 목소리로 대답했다.

"어렵네."

"어렵지?"

"공항에서 잠깐 만났어요."

뜨거운 커피가 가득 든 머그를 들고 자리로 돌아온 제이에게, 니나가 말한다. 그렇게 말하고, 니나는 제이의 표정을 살핀다. 그러나 제이는 니나의 눈을 보는 대신, 커피에 초점을 맞추고 있다. 물어볼 것이 있는 것 같은데, 그는 쉽게 입을 열지 않는다.

"시에나가 아저씨에게 얘기하지 않았다고는 했지만, 대니 아저씨에게 들었을 거라고 생각했어요."

니나의 말에, 제이는 고개를 가로 젓는다.

"아저씨한테 할 이야기가 있는지 물었는데, 그냥 괜찮을 거라고만."

'괜찮을 리가 없잖아.' 제이는 생각하지만, 입 밖으로 내지 않는다.

"밥이라도 먹을래?"

뜨거운 커피가 천천히 식고 난 다음에야, 제이가 말한다.

"아뇨. 그냥 갈래요."

니나가 일어서는데, 제이가 다시 말한다.

"너한테는…… 미안해."

니나는 고개를 흔든다.

"괜찮아요. 괜찮아졌어요. 아저씨도…… 그럴 거예요."

제이는 니나를 향해 먼저 일어나라는 손짓을 한다. 니나는 제이를 그 자리에 남겨두고, 발길을 돌린다. 제이도 알고 있다. 지금은 괜찮지 않지만, 언젠가는 괜찮아질 것이다. 그 사실을 모르는 사람은 없다.

대니가 시에나의 정원에 물을 뿌리고 있을 때, 딩동딩동, 벨이 울린다. 처음에 대니는 그 소리를 듣지 못한다. 포도나무의 가지 끝부터 뿌리 끝까지 흠뻑 젖도록 물을 주는 것이 좋은지, 표면이 약간 촉촉한 정도로만 주는 것이 좋은지 고민을 하다가, 문득 대문 쪽을 바라본 대니는, 그제야 제이가 문 밖에 서 있다는 것을 알아차린다.

"열려 있어."

제이도 대니의 말을 금방 듣지 못한다. 그냥 돌아갈까, 아니면 대니를 만나고 갈까, 고민을 하다가 정원에서 커다란 호스로 물을 뿌리고 있는 대니를 본다.

대니는 잠시 제이를 세워두고, 정원 구석구석에 물을 준다. 반짝반짝 빛나는 햇살이 솟아오르는 물줄기에 닿으면서 조그만 무지개를 만들어낸다. 그 무지개가 제이를 안심시킨다. 세상에는 그런 것이 있다. 몇천 년 동안이나 변하지 않는 것, 알록달록하고 투명한 것, 누구도 잡지 못한 것, 앞으로 몇천 년 동안 변하지 않을 것.

"그런 이유 때문에 무지개 같은 걸 좋아하니까, 늘 이 자리에 있을 수밖에 없는 거야. 우린."

투명한 물방울들이 투명하게 빛나는 포도나무 아래에서, 대니와 제이는 차를 마신다.

"그런 건가요."

대니의 말은 알쏭달쏭하지만, 제이는 잠자코 수긍을 한다.

"무엇인가가 새로 시작되는 것을 두려워하고, 상처를 주는 것도 받는 것도 싫어하고, 언제나 변해버리는 것을 무서워하고, 누구도 잡을 수 없는 어떤 것을 평생 그리워하는 건 아닐까."

"왜 잡지 않았어요?"

제이의 말에, 대니는 잠깐 생각하다가 웃어버린다.

"무서워서."

제이도 그랬다. 가능하다면 평생을, 아무것도 변하지 않는 세상 속에서 살기를 원했다. 계절이 바뀌는 것도, 시간이 흘러가는 것도, 그에게는 힘겨운 변화였다. 아무것도 움직이지 않는 공간 속에서만 그는 평화를 찾을 수 있었다. 하지만 생명을 지닌 모든 것은 언제까지나 한자리에 머물러 있을 수가 없다. 결국 무엇인가가 끝나고 변하고 시작된다.

물론 제이는 그 시작 자체를 인정하지 않았다. 누군가의 마음이 변하는 것을 모른 척하는 것처럼, 자신의 마음이 변하는 것, 마음의 색깔이 바뀌는 것을 무시했다. 그는 마음속에서 일어나는 하나의 감정을, 바다 위에서 일어나는 거품 같은 것이라고 생각했다. 세찬 파도가 치고 거품이 아무리 일어도, 그것은 거품일 뿐, 마지막에는 사라지는 것이라고.

하지만 어떤 감정들은 그렇게 쉽게 사라지지 않았다. 제이 역시, 무시당하고 부정당하면서 끊임없이 자라나는 감정들에 대해 복종할 수밖에 없다고 느낄 때가 있다. 문제는 그 때가 너무 늦다는 것이다. 그는 길고 긴 망설임 끝에 손을 내밀었지만, 그 손을 잡아줄 상대는 이미 그 자리에 있지 않았다. 그 망설임이 자신을 위한 것도, 상대를 위한 것도 아니었다는 것을 깨달았을 때, 뒤늦은 후회와 변명을 받아줄 사람은 오래전에 떠나버렸다. 시에나가 그랬듯이.

제이는 시에나에게 아무 이야기도 하지 못했다. 몇 번인가 기회가 있었다는 것은 그도 잘 알고 있다. 제이는 그것을 잡지 못했다. 아니 잡지 않았다. 그리고 관계란 것은, 어느 날 갑자기 무심하고 허망하게 사라진다. 처음부터 그렇게 될 수밖에 없는 일이었다고, 시에나라면 그렇게 말했을 것이다.

차가운 물을 마시기 위해 냉장고를 열다가, 제이는 냉장고 앞에 붙어 있는 사과나무 사진을 본다. 제이가 대니를 처음 만났던 날, 제이가 찍은 사진이다. 시에나는 그 사진을 좋아했다. 하지만 그녀는 이제 그 사진을 두고, 가버렸다. 봐주는 사람도 없이, 무심코 냉장고 앞에 붙어 있는 사과나무의 사진은, 마치 시에나의 부재증명서처럼 보였다. 사진 속에서 멈춰버린 시간처럼, 시에나가 제이의 삶에 있었던 시간은 과거에 멈춰버렸다.

"후회하고 있는 것처럼 보이네."

샤워를 하고 나온 대니가, 수건으로 머리카락의 물기를 닦으며, 제이를 향해 말한다. 제이는 사진 속의 사과나무를 가만히 쓰다듬어보다가, 대니를 향해 몸을 돌린다.

"왜, 얘기 안 했어요? 시에나가 떠나기 전에 말을 해줬으면 좋았을 텐데."

"제이."

대니는 그 자리에 멈춰 서서 제이를 응시한다.

"그런 건 내가 결정할 문제가 아니야. 시에나가 말을 하고 싶었다면, 직접 했을 테고."

"다른 사람의 인생에 개입하고 싶지 않다는 건가요?"

"만약 그럴 기회가 있었다면, 뭔가 제대로 얘기할 수 있었을까?"

"모르겠어요. 할 수 없었을지도 모르고, 설사 했다 하더라도 달라질 건 없었겠죠. 시에나는 그런 사람이니까. 하지만……."

"하지만?"

"이랬다면, 저랬다면, 하는 생각은 안 할 수 있었겠죠."

대니는 고개를 끄덕이고 식탁 앞에 앉는다.

"결국, 좀 덜 후회하고 싶었던 거잖아."

"잔인한 이야기군요."

제이의 말에, 대니는 희미하게 미소를 짓는다.

"그런 말이 듣고 싶었던 거 아니야?"

"와인, 마실래요?"

제이는 와인들이 놓인 선반으로 간다.

"이게 한 병 남아 있었네요."

언젠가 대니가 가져온 샤토 드 베르갱 뱅 드 라부아를 시에나는 좋아했다. 그래서 가끔, 대니는 그 와인을 사다가 선반을 채워놓곤 했다.

"발사믹 비네거와 올리브오일과 바질과 파슬리, 소금과 통후추가 뿌려진 토마토와 모차렐라 치즈 샐러드, 빨간색과 초록색의 초 두 개, 프리츠 분덜리히가 부르는 슈베르트의 겨울 나그네……."

대니는 기억을 더듬어, 그 와인을 처음 마시던 날을 떠올린다.

"누가 있었죠?"

"니나와 나, 그리고 시에나."

"저는 없었군요."

"없었지."

제이는 프리츠 분덜리히가 부르는 슈베르트의 〈겨울 나그네〉 앨범을 찾아, 플레이어에 넣는다. 사랑은 방황을 좋아하는 법. 그리하여 다음으로 옮겨 가도록 하나님이 정해주신 것. 사랑하는 자여, 안녕. 그대의 꿈, 그대의 휴식을 방해하지 않으리. 발소리 들리지 않게 조용히 문으로 가서, 안녕이라고 쓰리라. 그대가 그것을 보고 내 마음을 알 수 있도록. 분덜리히가 나지막이 이별의 인사를 건넨다. 투명한 와인글라스 안에서 검은 핏빛 같은 와인이 가만히 흔들린다.

seventeen ★ lesson 15
비오의 바이올린

지하철 역 앞에서, 비오는 멘델스존의 바이올린 협주곡 E단조, 작품 64, 제1악장을 연주하고 있다. 거리를 지나가다 잠시 발길을 멈춘 사람에게는 그의 바이올린 소리만 들리겠지만, 비오의 귀에는 오케스트라의 연주가 함께 들린다. 반쯤 벌린 입술 사이로 때로는 바이올린의 주제부가, 때로는 플루트, 오보에, 클라리넷의 멜로디가 흘러나온다. '만약 멘델스존이 평생 동안 작곡한 곡이 이 바이올린 협주곡 하나밖에 없다고 해도, 그의 이름은 영원히 세상에 남았을 것이다.' 라고 사람들은 얘기한다. 비오는 오랫동안 이 곡을 연주하지 않았다. 바이올린이 이처럼 행복해도 좋은 건가, 라고 생각했기 때문이다.

멘델스존의 삶은 그다지 드라마틱하지 않았다. 그의 할아버지는 '독일의 소크라테스'라고 불렸던 계몽주의 철학자였고, 아버지는 부유한 은행가였다. 어린 시절부터 멘델스존은 음악, 문학, 그림에 뛰어난 재능을 발휘했고, 재력과 교양을 겸비한 그의 부모에 의해 조기교육을 받을 수 있었다. 열 살 때 작곡과 음악이론을 배우기 시작했고, 열두 살에 괴테를 만났으며, 열여섯 살에 파리로 건너가 음악가의 길을 걷기로 결심했다. 스물네 살에 그는 이미 성공을 거둔 음악가가 되었고, 스물여섯 살에 라이프치히 게반트하우스 관현악단의 5대 지휘자로 취임했다. 프랑크푸르트에서 목사의 딸을 만나 결혼한 것은 그가 서른 살 때로, 아내와의 사이에 3남 2녀를 두었다. 모차르트나 슈만, 슈베르트의 삶에서 나타나는 비극의 요소들이, 그의 삶에는 없었다.

"그래서 몇 살에 죽었는데?"

연주를 끝내고 바이올린을 케이스에 집어넣는 비오에게, 니나가 묻는다.

"아마, 서른여덟 살 때였을걸?"

"결혼하고 겨우 팔 년 있다 죽었어? 너무 빨리 죽은 거 아냐?"

비오의 보폭을 맞추기 위해, 니나는 종종걸음을 치며 그를 따라간다.

"뭐, 오래 살았다면 불행한 일이 생겼을 수도 있었을 테니까, 차라리 잘된 건지도 모르지. 모르는 거잖아, 인생이란 건."

비오는 잠시 걸음을 멈추고 니나를 기다려준다.

"누군가의 인생이 대체로 불행했다거나, 대체로 행복했다거나, 그런 건 역시 세상을 떠나고 나서야 판단할 수 있는 거겠지?"

니나의 질문에, 비오는 고개를 갸웃하다가 니나를 향해 손을 내민다.

"언젠가 시에나가, 나에게, 서른 한 살의 죽음이라는 게 슬프다거나, 안타깝다거나, 그런 생각이 아직은 들지 않을 거라고 그랬어."

비오의 손을 잡으며, 니나가 말을 이었다.

"언젠가, 나는 왜 항상 누군가의 마지막을 궁금해하는 거냐고 물었지?"

"시에나는 항상 마지막을 이야기해줬다고, 네가 대답했지."

"그 후에 물어본 적이 있어. 시에나에게 마지막이라는 게, 왜 중요하냐고."

니나는 잠시 걸음을 멈추고, 시에나의 말을 떠올리려는 듯 허공을 응시하며 이마를 찌푸린다.

"뭐라고 그랬는데?"

"마지막을 알면, 왠지 안심이 된다고. 어떻게 살았든 결국 모든 사람은 죽고, 그것으로 끝이구나, 생각하면 어쩐지 삶이란 게 가볍게 느껴진다고. 하아."

니나는 가벼운 한숨을 내쉰다.

"왜?"

비오는 잠시 걸음을 멈추고, 니나의 대답을 기다린다.

"우리의 마지막은 어떤 걸까? 아직 겨우 열일곱 살인데."

비오의 다섯 번째 생일에, 아버지로부터 받은 선물은 바이올린이었다. 그건 어른들이 사용하는 바이올린의 사 분의 일 크기로, 어린 비오의 손으로도 쉽게 잡을 수 있었지만, 물론 아름다운 소리를 내진 못했다. 바이올린의 문제가 아니라, 비오가 연주하는 법을 몰랐기 때문이다. 이틀 후, 바이올린 선생님이 비오의 집으로 왔고, 첫 시간에 멘델스존의 바이올린 협주곡 E단조, 작품 64를 들려주었다. 비오는 그 곡이 별로 마음에 들지 않았지만, 바이올린의 음색은 쓸 만하다고 생각했다. 아버지는 비오의 열두 번째 생일에 온전한 크기의 바이올린을 사주었고, 그로부터 일주일 후에 자살을 시도했다.

"나는 그때 거실에 앉아 있었어. 엄마는 소파에 앉아 책을 읽고 있었지. 침실의 문이 열리고, 잠옷 차림의 아버지가 거실로 나왔어. 굉장히 창백한 얼굴로, 우리를 보더니, 뭔가 낮은 소리로 중얼거리고는 사라졌어. 난 아버지가 다시 침실로 들어간 줄 알고 문을 열었는데, 거기엔 아무도 없었어. 내가 침실에서 나왔을 때, 밖에서 사람들의 고함 소리가 들렸어. 엄마가 굳어진 얼굴로 뛰쳐나갔고, 내가 뒤따라 나가자 어른들이 나를 붙잡았어. 아주 오랜 세월이 지난 후에, 나는 내 경험이 슈만의 딸이 경험한 것과 거의 흡사하단 걸 알았어."

"정말이야?"

한강으로부터 바람이 나긋나긋 불어오고 있다. 니나는 한 손에 먹다 만 샌드위치를 들고, 비오를 바라본다. 비오는 별것 아니란 듯이 어깨를 으쓱하고 고개를 끄덕인다.

"슈만의 경우에는 강에 빠져 죽으려고 했고, 아버지는 3층에서 뛰어내렸어. 다행히 나뭇가지에 걸려서 목숨을 건진 거지. 그래서 나도 슈만처럼, 언젠가 정신병원에 가야 하는 게 아닌가, 라는 생각이 들어. 정신병이라거나 우울증 같은 건, 유전이라고 하잖아."

"하지만 비오, 너희 아버지는 교통사고로 돌아가신 거 아니었어?"

"글쎄, 난 자살이었다고 생각하는데. 차를 몰고 바다로 뛰어든 거니까."

니나가 이 이야기를 계속 해야 하나, 잠시 고민하는 사이, 비오는 잠시 생각에 잠겼다가 다시 입을 연다.

"슈만이 열다섯 살 때 아버지와 누나가 죽었고, 그 뒤에 형과 형수가 죽었어. 그 직후에 그가 4층에서 뛰어내렸는데 죽진 않았고. 그는 열여덟 살 때, '영원한 음악이 밤새도록 들려와서 잠을 잘 수가 없다'고 했어. 그 사람, 클라라를 만나 사랑하고 결혼했지만, 평생 자신의 내부에 있는 불길한 어떤 존재를 극복하지 못하고 늘 불안함 속에서 살았지. 슈만과 클라라 사이에는 딸 넷과 아들 둘이 있었는데, 딸 중 하나는 폐결핵으로 서른두 살에 죽었어. 아들 페르디난트는 모르핀 중독자가 되어 마흔둘에 죽었고, 다른 아들 루트비히는 정신분열증으로 이십오 년 동안 정신병원에서 지냈지. 우리 아버지는, 폭풍이 몰아치는 밤에, 아무 약속도 없이, 누구에게도 이야기하지 않고, 차를 몰고 바다로 갔어. 3층에서 뛰어내린 지 일 년쯤 지난 후였어."

빗방울 몇 개가 나풀나풀 날아와 니나의 뺨에 닿는다.

"기분이…… 어땠어?"

조심스럽게 비오의 표정을 살피며, 니나가 묻는다.

"글쎄, 별로, 별 느낌이 없었어. 난 열세 살이었고, 그때까지의 내 인생에서 아버지는 특별히 중요한 사람이 아니었거든."

비오는 잠시 생각을 하다가 이렇게 덧붙인다.

"바이올린을, 버려야 하나, 하고 잠깐 고민은 했어. 아버지한테 받은 유일한 물건이었으니까."

"그런데 왜 바이올린이었을까?"

니나의 말에, 비오는 약간 화가 난 사람처럼 허공을 쏘아보다가 가벼운 한숨을 쉰다.

"바이올린 선생님."

"선생님이 왜?"

"아버지의 애인이었거든."

아버지의 죽음으로, 두 사람의 밀회는 끝이 났다. 아니 밀회가 먼저 끝나고, 그것이 아버지의 죽음을 불러온 것인지도 모른다. 아니 애초에 밀회 같은 게 있었는지 없었는지도 분명하지 않았다. 어찌 되었거나 비오는 아버지가 죽은 것이 먼저인지, 혹은 바이올린 선생님이 어느 날 문득 레슨을 그만둔 것이 먼저인지, 잘 기억나지 않는다고 했다.

"하지만, 어떻게 알았어? 어른들이 너에게 얘기해주진 않았을 테고. 두 사람이 몰래 만나는 걸 본 적이라도 있어?"

니나의 질문에 비오는 고개를 흔들었다.

"그때는 몰랐어. 어른들의 일 같은 것엔 별로 관심이 없었거든. 열네 살이 되었을 때, 길에서 우연히 선생님을 만났어. 잠깐 차를 마시면서 이런저런 이야기를 했는데, 아버지와 이 여자, 사랑했던 사이였구나, 갑자기 알게 되었어. 벼락이라도 맞은 것 같았지. 너무 당연한 일이었어. 마치 지구가 둥근 것이 당연한 것처럼."

"그래서? 선생님에게 물어봤어?"

"응."

"그랬더니?"

"그냥, 좀 슬픈 듯한 미소를 지으면서, 오랫동안 나를 바라봤어."

아까보다 조금 더 굵은 빗방울이, 바람에 실려 두 사람의 사이를 오고간다.

"난 잘 이해가 안 돼. 그 선생님이랑 그런 사이였다면, 몰래 만났어야 하지 않나? 왜 집으로 불러서 너한테 레슨을 받게 하셨을까?"

"난 알 것 같은데."

비오가 희미하게 웃는다.

"어쩌면 두 사람, 마주 앉아 이야기 한 번 제대로 나눈 적이 없었을지도 몰라. 마음을 다른 사람에게 빼앗겼다고 해도, 나와 어머니를 배신할 수 있는 사람이 아니었거든, 우리 아버지. 레슨이 있는 날이라고 해서 일찍 집으로 돌아온다거나, 그러지도 않았어. 아주 가끔 나를 서재로 불러놓고, 요즘 배우는 곡을 연주해보라고 그랬지. 내가 연주를 하고 있으면 아버지는 눈을 감고 조용히 생각에 잠겼어. 그 곡을 나에게 가르쳐준 누군가의 마음을 감지하려는 듯이."

어쩐지, 니나는 좀 슬퍼진다.

"어떤 사람이었어? 그 선생님."

비오는 선뜻 대답을 않고, 니나를 가만히 바라보다가, 자리에서 일어선다.

"가자. 비 온다."

니나는 뭔가 기묘한 예감에 사로잡혀, 비오의 팔을 붙잡고 그의 눈을 들여다본다. 비오는 어쩔 수 없다는 듯이, 다시 자리에 털썩 앉아 천천히 입을 연다.

"그래…… 시에나였어."

니나는 시에나가 바이올린을 연주하는 모습을 상상해본다. 반쯤 감은 눈, 뺨에 살짝 어린 홍조, 멜로디를 따라 조금씩 움직이는 입술, 활과 현을 잡은 긴 손가락들, 고개를 살짝 숙인 채 그녀는 비탈리의 샤콘느를 연주하고 있다.

"바이올린을 연주한 적이 있다는 이야긴 한 번도 들어본 적이 없어. 게다가 레슨이라면 내가 처음이고, 마지막이 될 거라고 얘기했는데."

"너한테 일부러 말을 안 한 건 아닐 거야. 시에나는 그 기억을 완전히 봉인해버렸어. ……나를 기억하지 못해."

비오는 잠시 걸음을 멈추고, 니나를 바라본다.

"……그런 일이 가능해?"

"바이올린을 언제부터 시작했는지 물어본 적이 있어. 네 살인가 다섯 살 때부터 피아노를 배우기 시작했는데, 일곱 살쯤 되었을 때 작은 사고가 있었대. 오른쪽 새끼손가락이 부러졌고, 한동안 붕대를 감고 있어야 했다는 거야. 그 상태로는 피아노를 칠 수 없었지만 학원은 계속 다녔나 봐. 그 학원에서는 바이올린이랑 첼로도 가르쳤는데, 다른 아이들이 배우는 걸 구경하다가 자기도 배우고 싶어졌대. 새끼손가락이 다 낫고 나서도, 십 년 넘게 피아노와 바이올린을 줄곧 함께 배웠다고 그랬어."

"그러고 보니 시에나의 오른쪽 새끼손가락에 흉터가 있었어. 그런데 왜 그만둔 걸까?"

"우리 아버지 때문이 아닐까?"

두 사람은 잠시 동안 생각에 잠겨, 묵묵히 걸음을 옮긴다.

"내 바이올린, 아버지가 남긴 그 바이올린을 시에나에게 줬어야 하는 게 아니었나, 그런 생각을 했어."

비오가 입을 연다.

"아무것도 기억하지 못하는데?"

"모든 것을 완전히 잊은 건 아닐 거야. 그 기억을 호출하는 코드를 지워버린 것이지. 이를테면 나라거나 내가 가지고 있던 바이올린 같은 거. 어쩌면 한 번쯤, 우리가 모르는 누군가에게, 이야기를 한 적이 있었을지도 몰라. 간직하기 힘든 비밀을 평생 마음에 담아두고 살 수 있는 사람은 별로 없으니까. 시에나가 이 바이올린을 보면, 괴로운 기억이 다시 떠오를 수도 있어. 하지만……."

"하지만?"

"그렇게 하면 아버지가 좀 기뻐하지 않을까 해서……."

니나는 갑자기 걸음을 멈추고 눈을 반짝이며 비오를 잡아끈다.

"시에나에게 가자. 바이올린을 가지고."

비오는 조금 당황한다.

"여태 베를린에 있을까? 다른 곳으로 가버렸는지도 모르잖아. 게다가……."

"게다가 뭐?"

"아버지는 기뻐할지 몰라도, 시에나는……."

"아니."

확신에 가득 찬 목소리로 니나가 말한다.

"시에나가 기억을 지워버린 이유를, 나, 알 거 같아. 너희 아버지와 제대로 된 이별을 못했기 때문이야. 그렇게 아무 말도 없이, 변명이나 이유도 얘기하지 않고, 완전히 사라져버렸으니까. 처음에는 배신을 당한 거라고 생각했을 테고, 나중에는 그 사랑 자체를 믿을 수 없게 되었을 거야. 두 사람이 사랑했다는 증거 같은 건 어디에도 남아 있지 않았을 테니까. 그러니까 그 시간을 몽땅 잃어버린 거야. 자신에게 일어난 일이었지만, 일어나지 않았던 일이라고 믿게 된 거야. 알아? 시에나가 제대로 된 이별을 못하고 있는 한, 다른 사람을 만나 사랑할 수가 없어. 아아……."

니나는 어려운 수수께끼를 지금 막 푼 사람처럼 개운한 얼굴로 활짝 웃었다.

"시에나는 대니 아저씨한테 돌아와야 하거든. 너의 바이올린이 그걸 할 수 있어. 게다가 이제 곧 크리스마스잖아."

seventeen ★ lesson 16
금지된 질문의 노래

> "엘자, 내가 당신의 남편이 되어 당신을 위해
> 나라와 백성을 보호하고 그 누구도 우리를 떼어놓지 못하게 하려면,
> 당신은 반드시 한 가지 약속을 해야 하오. 절대로 내게 질문을 하거나,
> 알려고 해서는 안 되오. 내가 어디에서 왔는지,
> 그리고 내 이름과 가문이 무엇인지를!"
> – 바그너의 오페라 〈로엔그린〉 중에서

그러나 엘자는 그렇게 하지 못했다. "제가 천국의 기쁨을 누리는 지금 이 순간, 행복이라는 말은 너무 평범해요. 제 마음이 당신에게 향할 때 저는 하나님만이 줄 수 있는 기쁨을 느끼고, 제 사랑이 당신을 향할 때, 저는 하나님만이 줄 수 있는 기쁨을 호흡해요."라고 그녀는 말했지만, 그의 품에 안겨 기쁨으로 몸을 떨며 그녀는 맹세했지만, '믿음으로 얻은 행복, 후회를 모르는 행복'이 어떤 것인지 안다고 소리쳤지만, 그녀는 약속을 지키지 못했다. 억울한 누명을 쓰고 목숨을 빼앗길 위기에 처한 그녀를 구하기 위해 백조를 타고 나타난 기사, 아무런 대가 없이 그녀를 대신하여 결투를 하고 그녀에게 행복을 찾아준 기사, 변하지 않을 사랑을 맹세하고 그녀를 신부로 맞은 기사, 그의 단 한 가지 부탁을, 이름과 가문만은 묻지 말아달라는 그 부탁을 그녀는 저버렸다.

"어떻게 해야 당신을 내게 묶어둘 수 있죠? 당신은 마법으로 가득 차 있고, 기적의 힘으로 여기 오셨는데, 어떻게 해야 행복해지고 당신

을 믿을 수 있을까요?"라고, 엘자는 그의 팔에 매달려 애원했다. 그녀의 기사는 이미 그녀를 사랑하고 있는데, 그녀는 이미 행복해졌는데, 엘자는 스스로 그 행복을 깨버렸다. 그리고 마침내 기사는 그녀에게 자신의 신분을 밝힌다. 자신은 성배의 기사이며, 자신의 정체가 사람들에게 알려지면 모든 힘을 잃어버린다고. 나의 이름은 로엔그린이라고. 그는 엘자를 향해 절규한다.

"오, 엘자! 왜 이런 일을 한 거요? 나는 처음 당신을 본 순간 당신에 대한 사랑에 불타올랐고 곧 새로운 행복을 알게 되었건만. 내 근원의 고귀하고도 신비한 내 비밀에 의해 생겨난 힘, 그 모든 것을 순결한 당신에게 바치고 싶었소! 그런데 왜 당신은 내 비밀을 캐내었소? 나는 이제 당신과 헤어져야 하오!"

그것은 그녀가 절대 해서는 안 될, 금지된 질문을 한 대가였다.

시에나가 없는 시에나의 집에서, 바그너의 오페라 〈로엔그린〉 중 〈금지된 질문의 노래〉가 흘러나오고 있다. 대니는 거실 한가운데 서서 노래를 따라 부르다가 '절대로 내게 질문을 하거나, 알려고 해서는 안 되오. 내가 어디에서 왔는지, 그리고 내 이름과 가문이 무엇인지를!' 이라는 구절에서 문득 멈춘다.

'그녀는 지금 어디에 있는 걸까? 아니, 그보다 돌아올 생각은 있는 걸까? 나는 늘 시에나에 대한 것을 다 알고 있다고 생각했는데, 이번

만은 모르겠어.'

대니는 머리를 흔들며 부엌으로 걸어간다. 커다란 냄비 속에서 보글보글 물이 끓어오르고 있다. 투명한 올리브오일 몇 방울이 물의 표면에서 반짝반짝 빛을 낸다. 대니는 파스타를 한 움큼 집어 부챗살 모양으로 편 다음 냄비에 달라붙지 않도록 조심스럽게 집어넣는다. 그리고 오븐 위에 놓인 타이머가 십이 분 후에 울리도록 맞춰둔다. 언젠가 대니가 프랑스의 벼룩시장에서 사 온 타이머이다. 시에나는 그것이 오리를 본떠 만든 것 같다고 했고, 니나는 닭이 아니냐고 물었다. 실제로 그건 오리와 닭의 중간 정도 되는 모습을 하고 있다.

대니는 정원으로 가서, 한쪽에 놓인 여러 개의 허브 화분을 들여다본다. 처음 허브들을 사왔을 때, 화분에는 허브의 이름이 쓰인 푯말이 꽂혀 있었다. 하지만 어느 날 시에나가 그것들을 모두 뽑아버렸다.

"이제부터 여기서 살 텐데, 이름을 기억해주지 않으면 불쌍하잖아."

그녀는 그렇게 말했다. 하지만 대니는 허브의 이름을 좀처럼 기억할 수 없었다. 애플민트와 로즈메리, 레몬밤, 오레가노, 타임, 라벤더⋯⋯ 향기도 모습도 다른데, 도무지 이름과 알맞은 짝을 찾아내기가 힘든 것이다. 그런데도 시에나는 항상 요리를 하다가, 대니에게 허브를 뜯어와 달라고 부탁했다. 그때마다 대니는 허브 화분 앞에 한참 쪼그리고 앉아 고민을 했다. 결국 그는 로즈메리 대신 타임을, 애플민트 대신 라벤더를 시에나에게 가져다 주었고, 시에나는 웃음을 터뜨리며 제대로 된 이름을 알려주었다. 그래도 다시 뜯어 오라고 한 적은 없었다.
"괜찮아."
시에나는 한참을 웃고 나서 그렇게 말했다.
"꼭 로즈메리를 넣어야 하는 건 아니니까."
시에나가 떠난 후, 대니는 허브 잎들을 뜯지 않았다. 그래서 지금, 허브들은 무성하게 자라나고 방치되어 있다.
'시에나가 있었으면, 이름을 가르쳐줄 텐데. 한 번만 더 가르쳐주면, 잊어버리지 않을 텐데.'
대니는 허브 화분 앞에 쪼그리고 앉아, 시에나의 웃음소리를 듣고 싶다고 생각한다.

어른이 된 후 시에나를 만났을 때, 그녀는 대니에게 아무것도 묻지 않았다. 그녀는 마치 어제 헤어진 사람을 다시 본 것처럼, 대니를 향해 미소를 지었을 뿐이다.
"저녁, 먹었어?"
그것이 시에나의 첫 마디였다. 대니는 가벼운 현기증을 느꼈다. 그녀가 입을 연 순간 시간이 역류하여, 시에나를 처음 만났던 어린 시절로 돌아간 것 같았다. 툭, 하고 대니의 손에서 들고 있던 책이 떨어졌고, 시에나가 그것을 집어 들었다. 폐점 시간이 가까워진 서점에서 사람들이 빠져나가고 있었다.

시에나는 대니의 책을 들고 계산대로 갔고, 대니는 잠자코 그녀를 따라갔다. 그녀가 지갑을 꺼내 책값을 지불하는 동안, 대니는 지금 자신이 서 있는 곳이 어디인지, 오늘이 몇 년 몇 월 며칠인지에 대해 생각했다.

"선물이야."

시에나가 활짝 웃으며 책을 건넸다. 서점에서 나온 두 사람은 어느 건물의 옥상에 있는 카페로 가서, 차가운 맥주를 두 잔 시켰다.

"집으로 돌아가는 길이야?"

대니가 물었다.

"글쎄. 집으로 갈까 말까 망설이던 참이야."

시에나는 손가락 끝으로 맥주의 거품 위에 의미 없는 그림을 그리며, 고개를 살짝 숙인 채 대답했다. 어린 시절에, 시에나는 거품을 낸 우유를 좋아했다. 따뜻한 우유를 커다란 볼에 담고 거품기로 열심히 휘저어, 뜨거운 코코아 위에 붓고, 행복한 미소를 지으며 그것을 마셨다. 가끔 손가락 끝으로 거품 위에 뭔가 그림을 그리기도 했는데, 그건 그녀가 뭔가 할 말이 있다는 뜻이었다. 대니는 잠자코 시에나의 다음 이야기를 기다렸다.

"……오늘, 바이올린을 팔았어."

그렇게 말하고, 그녀는 맥주잔을 단숨에 비웠다. 시에나의 잔을 채워주면서, 대니는 어린 시절의 시에나가, 피아노보다 바이올린을 더 좋아했다는 사실을 기억해냈다. 굳이 기억해내려고 애쓴 것도 아닌데, 대니는 시에나에 관한 일이라면 하나도 잊지 않고 있었다.

그때, 시에나는, 어른이 되면 오케스트라와 함께 멘델스존의 바이올린 협주곡 E단조, 작품 64를 연주할 거라고 얘기했다. 대니는 시에나와 함께 그 곡을 처음 들었던 어느 봄날 오후를 아주 잘 기억하고 있다. 갓 구운 쿠키와 거품을 낸 우유를 듬뿍 올린 코코아, 시에나의 희망에 의해 일 년 내내 거실 한쪽에 서 있었던 크리스마스트리, 그녀가 입고 있던 하얀 원피스, 어깨까지 내려오는 머리카락과 머리 위에 매달린 물방울무늬의 푸른 리본.

멘델스존의 그 곡이 슬프다고, 그녀는 말했다. 사람들은 모두 행복한 바이올린 협주곡이라고 말하지만, 바이올린이 행복할 수는 없다고, 그녀는 말했다. 정말 행복한 느낌은 슬픈 기분과 비슷한 걸지도 모른다고, 그녀는 말했다. 대니는 그 이야기를 다 이해하지 못한 채로, 사랑스러운 듯 바이올린을 쓰다듬고 있는 시에나의 작은 손을 보고 있었다.

"대니. 가끔 우리 집에 와 있어도 괜찮아."

시에나의 그 말은, 제발 우리 집으로 가서 나와 함께 있어줘, 라는 말과 같은 것이었다. 혼자 있는 시간을 견딜 수 없을 것 같아, 누구라도 좋으니까 같이 있어줘, 하지만 아무것도 묻지 말고, 라는 말이었다. 대니는 고개를 끄덕였다. 그리고 묻지 않았다. 왜 바이올린을 팔았는지, 누가 그녀에게 바이올린을 버리게 만들었는지. 그건 금지된 질문이라는 것을, 대니는 잘 알고 있었다.

대니는 너무나 잘 알고 있었다. 같은 공간에서 시에나와 함께 지낸다는 건, 말 그대로 같은 공간을 공유한다는 것 이상의 의미는 없는 것이라는 걸. 그가 시에나를 향해 한 발자국이라도 다가간다면, 두 사람의 관계는 깨어질 것이라는 걸.
그건 마치 두 사람이 어렸을 때 종종 함께했던 놀이와 같았다. 모래를 산처럼 쌓아두고, 가운데에 막대기를 꽂고, 그것을 쓰러뜨리지 않은 채 모래를 가져가는 놀이. 모래를 얼마나 많이 가져가느냐와는 상관없이, 막대기를 먼저 쓰러뜨리는 사람이 지는 놀이.
그러나 대니와 시에나는 그 놀이를 끝까지 해본 적이 한 번도 없었다. 시에나가 원하지 않았기 때문이다. 이제 한두 번만 더 모래를 걷어내면 막대기가 쓰러지겠다, 싶을 때쯤 시에나는 놀이를 그만두고 싶어 했다.
"막대기가 쓰러지는 건 보고 싶지 않아. 그건 그대로 두고, 이제 다른 놀이를 하자."
그녀는 항상 그렇게 말했고, 대니는 늘 시에나의 의사를 존중했다. 하지만 그들이 그대로 놓아둔 그 막대기는, 한참 다른 놀이를 하다가 돌아보면, 어김없이 쓰러져 있었다. 지나가던 고양이가 부주의하게 넘어뜨리기도 했고, 바람이 불어와서 그것을 흔들어 쓰러뜨리기도 했다. 그럴 때마다 대니는 시에나가 보기 전에 막대기를 다시 세워놓았다. 물론 시에나가 그런 모습을 보지 못했을 리 없다. 하지만 그녀는 그런 건 이미 다 잊어버렸다는 듯이, 아무것도 보지 않은 것처럼 행동했다.

시에나와 함께 살기 위해서는, 막대기를 쓰러뜨리지 않아야 했다. 따뜻한 불빛이 만들어내는 그림자를 바라보며 평화에 잠겨 있던 시에나가, 갑자기 일어나서 잘 자라는 인사도 없이 침대로 향할 때, 그녀에게 아무 말도 건네지 않아야 했다. 가까운 슈퍼로 우유를 사러 간 그녀가, 휴대폰도 지갑도 없이 지폐 하나만 들고 나간 그녀가 밤이 깊어서야 집으로 돌아올 때, 어디서 무얼 하다 왔느냐고 묻지 않아야 했다. 지네트 느뵈의 쇼팽이 하루 종일 흘러나오는 날, 그래서 텔레비전도 볼 수 없고 전화벨 소리도 들리지 않는 날에, 그녀에게 볼륨을 줄이라는 말을 하지 않아야 했다. 물론 대니는, 그런 것들이 불편하다고 생각해본 적이 없다. 그런 일은 기껏해야 일 년에 한두 번 일어났고, 그 나머지 날들은 너무나 고요하고 평화롭게 흘러갔다. 이대로 여기서, 이대로 시에나와 함께, 이대로 세상이 끝나는 날까지 살아도 좋겠다고, 아니 그렇게 살고 싶다고 대니는 생각했다.

하지만 이제 대니는 생각한다. 그때, 시에나에게, 얘기했어야 했다고. 새벽 네 시에 혼자 정원에 앉아, 숨을 죽여 울던 그녀를 못 본 척하지 말았어야 했다고. 비에 흠뻑 젖은 그녀가 돌아왔을 때, 어디서 무얼 하다 왔는지 물어보았어야 했다고. 그녀가 봉인해버린 그 기억 속에, 그녀가 버려야 했던 바이올린 속에, 그녀가 단 한 번 사랑했던 그 사람이 있다는 것을 알고 있다고. 그 사람의 이름을 물었어야 했다고.

 막대기를 쓰러뜨리지 않으면, 놀이는 끝나지 않는 거였다. 끝이 나지 않으면, 다시 시작할 수도 없는 거였다.

 닭을 만들다가 실패하여 오리가 된 듯한 모양의 타이머가, 계속 울리고 있다. 대니는 소파에 앉아 무릎 사이에 얼굴을 묻고 있다. 그의 어깨가 조금씩 흔들린다. 대니는 어른이 된 후, 한 번도 울어본 적이 없다. 그 눈물들이 마르지 않은 채 그의 몸 속 어딘가에 숨어 있었던 듯, 한 번 시작된 울음은 그치지 않는다. 자신의 흐느낌 소리와 타이머 소리 때문에, 대니는 대문을 열고 집으로 들어온 누군가의 발자국 소리를 듣지 못한다. 누군가 그의 헝클어진 머리카락을 가만히 쓰다듬는다. 놀라서 고개를 든 대니는, 눈앞에 니나와 비오가 서 있는 것을 발견한다. 그의 얼굴은 온통 눈물로 뒤범벅이 되어 있다.

 비오는 부엌으로 가서 타이머를 끄고, 가스레인지의 불을 끄고, 냄비 속에서 삶아진 파스타를 건져내고, 냉장고에서 차가운 맥주를 한 병 꺼내어 소파로 돌아온다. 대니는 비오가 건네준 맥주를 받아 든다.

 "너무 삶아졌어요, 파스타."

비오의 말에, 대니는 그저 고개를 끄덕인다.

"다시 삶을게요, 내가. 비오, 너도 먹을 거지?"

니나는 부엌으로 가고, 비오는 대니의 옆자리에 앉는다. 대니의 발치에 아무렇게나 펼쳐진, 오래된 시집이 한 권, 떨어져 있다. 비오는 그것을 집어 들고, 펼쳐진 페이지를 읽는다.

"어느 봄날에선가, 꿈속에선가, 언제였던가, 너를 본 적이 있다. 지금, 이 가을날을 우리는 함께 걷고 있다. 그리고 너는 내 손을 잡고 흐느끼고 있다. 흘러가는 구름 때문에 우는가? 핏빛처럼 붉은 나뭇잎 때문인가? 그렇지 않으리. 언제였던가 한 번은, 네가 행복했기 때문이리라. 어느 봄날에선가, 꿈속에선가."

냄비에 물을 가득 담아 가스레인지 위에 올려놓고 돌아온 니나가, 두 사람 앞에 서서 귀를 기울이고 있다.

"라이너 마리아 릴케. 언젠가 읽어준 적이 있어요, 시에나가."

아직 마르지 않은 눈물자국을 닦으며, 대니가 미소를 짓는다.

"우선 파스타를 먹고, 대니 아저씨는 잠을 좀 자는 게 좋겠어요. 와인이 필요해요?"

비오의 말에, 대니는 고개를 흔든다.

"아저씨가 자는 동안, 비오와 난 티켓을 끊을 거예요. 시에나가 오지 않는다면, 우리가 가면 돼요."

대니는 멍한 눈동자로 니나를 바라본다.

"준비가 된 것 같은데요, 대니 아저씨도."

니나는 즐거운 듯이 콧노래를 흥얼거리며 다시 부엌으로 간다. 활짝 열린 문 밖에서 바람이 밀려 들어온다. 바람에 실려 오는 향기는 로즈메리, 타임, 애플민트, 레몬밤, 오레가노, 라벤더.

"비오, 가서 로즈메리와 타임을 조금씩 뜯어 와."

부엌 쪽에서 니나가 소리친다.

"싫어."

비오는 그렇게 대답하고, 대니를 바라본다.

"그건 늘 대니 아저씨가 하는 일이잖아."

라벤더, 로즈메리, 레몬밤, 애플민트, 오레가노, 타임. 대니는 자리에서 몸을 일으키며 입 속으로 가만히, 그 이름들을 되뇌어본다. 그의 귀에, 시에나의 웃음소리가 들린다.

seventeen ★ lesson 17
아주 클래식한 연인

포카라는 네팔에 있는 작은 도시이다. 안나푸르나 트레킹을 하기 위해서는 카트만두에서 우선 포카라까지 가야 한다. 경비행기로는 삼십 분 정도의 거리지만, 버스를 타면 꼬불꼬불한 산길을 따라 일곱 시간을 달린다. 포카라에는 '페와'라는 이름의 아주 큰 호수가 있는데, 낮에는 안나푸르나의 눈 덮인 봉우리들이, 밤에는 환한 달이 호수의 수면을 신비롭게 비추고 있다.

　포카라에서 가장 아름다운 호텔은 '피쉬테일', 즉 물고기의 꼬리라는 이름을 가지고 있다. 호텔은 호수 가운데 있어서, 그곳을 방문하는 사람은 누구나 작은 배를 타고 들어가야 한다. 소박한 단층 건물과 푸른 나무들이 우거진 정원, 나뭇가지에 걸려 있는 해먹, 어디선가 조용히 흘러나오는 음악 소리도 그곳에 있다.

　대니는 호텔의 프런트데스크에서, 물고기 모양의 키홀더에 매달린 열쇠를 하나 받아 든다. 하루 종일 버스를 타고 오느라 지친 니나는, 대니가 체크인을 할 때까지 바닥에 주저앉아 멀리 보이는 봉우리들을 세어본다. 비오는 라운지에 놓인 주스를 세 컵이나 연달아 마시고, 니나의 배낭을 둘러메고, 한 손으로 니나를 일으켜 세운다. 제복을 입은 호텔 직원이 앞장을 서고, 그 뒤를 대니와 니나와 비오가 따른다.

"정말 시에나가 여기 있을까요?"

　니나의 질문에, 대니와 비오는 대답이 없다. 정원의 한쪽에 서 있는 크리스마스트리에서 반짝반짝 별빛 같은 불빛이 깜박인다.

"제 이름은 슈테른입니다. 여긴 베를린인데, 대니와 통화할 수 있을까요?"

슈테른에게서 전화가 온 것은 한밤중이었다.

"제가 대니입니다."

대니는 읽고 있던 책을 덮고, 소파에서 몸을 일으켰다.

"너무 늦은 시간이 아닌지 모르겠습니다."

"괜찮습니다."

수화기 저편에서 잠시 침묵이 흘렀다. 대니는 숨을 멈추고 슈테른의 다음 말을 기다렸다. 혹시 시에나에게 무슨 일이 있습니까, 라고 차마 먼저 물어볼 수가 없었다.

"혹시 시에나와 통화를 했습니까?"

슈테른이 말했다.

"아뇨."

무슨 일이 있습니까, 시에나가 사라졌나요, 라는 말도 할 수 없었다. 그런 말을 입 밖으로 내는 순간, 정말 그런 일이 일어나버릴 것 같았다.

"이곳에 줄곧 있었습니다. 어제까지."

"예, 그곳에 있을 거라고 생각했습니다."

"아, 오해는 하지 마세요. 우리 집에 머물고 있었지만, 저는 그동안 여행을 다녀왔으니까요."

슈테른의 말에, 대니는 잠깐 머뭇거리다 대답했다.

"저한테 설명하실 필요는 없습니다. 별로, 상관없으니까요."

"정말 그렇습니까?"

슈테른은 어쩐지 약간 화가 난 듯한 목소리로, 그렇게 말했다. 정말 그런 걸까, 대니는 생각했다. 어찌 되었거나 그는 안도하고 있었다.

"시에나는 네팔에 있는 포카라라는 도시로 떠난다고 했습니다. 그곳에 있는 피쉬테일 롯지에서 머물 예정이고. 어쩌면 트레킹을 할지도 모릅니다."

대니는 슈테른이 알려준 도시의 이름과 호텔의 이름을 몇 번 입 안에서 되풀이해보았다.

"언제까지 그곳에 머물지는 모릅니다. 서두르세요."

아무 예고도 없이, 전화가 끊어졌다. 대니는 읽던 책을 다시 집어 들고 소파에 드러누워, 두 시간쯤 더 책을 읽었다. 마지막 장을 덮고 난 후 뜨거운 물로 샤워를 하고, 면도를 했다. 컴퓨터의 전원을 켜고, 니나와 비오가 예약한, 프랑크푸르트를 경유하여 베를린으로 가는 티켓을 취소한 다음, 카트만두 행 티켓을 예약했다. 그리고 침대로 가서, 열 시간 동안 잠을 잤다.

시에나라는 이름을 가진 여자가 호텔에 머물고 있느냐고, 대니는 물어보지 않았다. 그녀가 이곳에 없다면, 그 사실을 조금이라도 늦게 알고 싶었다. 이곳에 있다면, 곧 만날 수 있을 것이다. 세 사람은 짐을

풀고, 차례로 샤워를 한 다음, 호텔 레스토랑으로 들어가서 간단한 저녁식사를 한다.

"별로, 사람들이 없네요."

비오는 주위를 한 번 둘러보고, 그렇게 말한다.

"트레킹을 하기에 좋은 계절이니까, 대부분은 산으로 올라갔을 거야."

대니가 대답한다.

"트레킹은, 겨울에 주로 하나요?"

"3월에는 안개가 많아서 시야와 전망이 좋지 않고, 4월과 5월은 너무 덥고, 6월부터 9월까지는 몬순기간이거든. 10월에서 2월까지가 가장 좋다고 하던데."

대니의 말에, 비오는 고개를 끄덕인다.

"저녁을 먹고 나서, 뭘 할 거죠?"

니나가 말한다.

"너희들, 크리스마스가 지나고 며칠 후면, 열여덟 살이 되는 건가?"

니나의 질문에 대답은 않고, 대니는 다른 이야기를 한다. 니나와 비오는 마주 보고, 대니를 향해 고개를 끄덕인다. 세 사람은 식사가 끝날 때까지, 더 이상 아무 말도 하지 않는다.

레스토랑을 나와, 대니는 호수를 향해 걷는다. 니나와 비오는 잠자코 그의 뒤를 따른다. 무성한 나무들 사이로 달빛을 한껏 받고 있는 호수의 모습이 드러난다. 밤하늘에는 깨꽃 같은 별들이 반짝인다. 대니는 걸음을 멈추고, 호숫가에 놓인 벤치에 앉아 하늘을 올려다본다. 니나와 비오는 조금 떨어진 곳에 있는 벤치에 나란히 앉는다.

"열여덟 살이 되는 건가."

니나의 말에, 비오는 조용히 한숨을 쉰다. 니나는 비오를 바라보며, 눈으로 '왜?' 하고 묻는다.

"남은 날들이 너무 많다는 생각, 안 들어? 게다가, 가능하다면 어른 같은 건 되고 싶지 않은데."

니나는 가만히 고개를 끄덕이며 대답한다.

"어른이 되면, 이것저것, 지금보다 불편한 일들이 더 많이 생길 것 같아. 대니 아저씨는 어쩔 생각인 걸까?"

"잠깐 여기서 기다려."

비오는 자리에서 일어나, 어둠 속으로 사라진다. 니나는 대니 쪽을 바라보지만, 대니는 하늘을 향해 고개를 젖힌 채 꼼짝도 않고 그대로 앉아 있다. 니나는 잠시 망설이다가, 대니 아저씨, 하고 불러본다.

"여러 가지로 불편한 일이 많은 건 사실이야."

니나와 비오의 대화를 듣고 있었던 듯, 대니가 그렇게 말한다.

"역시 그런 거예요?"

"……결혼을 한 적이 있었다고, 내가 얘기했나?"

"대니 아저씨가요? 언제요?"

니나의 목소리가 높아진다.

"아주 어릴 때. 스물두 살인가 세 살 때쯤."

질문을 했다가는 대니가 입을 다물어버릴지도 모른다고 생각한 니나는, 침을 꼴깍 삼키고 그의 다음 이야기를 기다린다.

"그쪽도 스물둘인가 셋이었는데, 뉴욕에서 만났어. 그 사람은 설치미술을 공부하고 있었고, 나는 디자인회사에 다니고 있었지. 학교를 좀 일찍 졸업했거든, 내가."

니나는 열심히 이야기를 듣고 있다는 표시로, 고개를 끄덕인다. 하지만 대니는 니나에게 시선을 주지 않은 채, 여전히 하늘을 바라보고 있다.

"여러 가지로, 힘든 일이 많았지. 많았다고 생각했어, 그때는. 지금 생각하면 별일도 아닌데."

그렇게 말하고, 대니는 입을 다문다. 니나는 다시 묻는다.

"왜 헤어졌어요? 아니, 결혼을 어떻게 하게 됐어요?"

"이상하지? 나 같은 사람이 어떻게 결혼을 했을까. 우습지만, 그 여자가, 아이를 가졌다고 그랬어."

"아…… 그럼…… 아이가……."

"결혼하고 한 달쯤 되었을 때, 유산이 됐다고 그랬지. 그게 거짓말이었다는 건 나중에 알았어. 그때부터 삐걱거리기 시작했고, 어느 날 그 여자가 사라져버렸어."

"사라져요?"

"그러고 나서도, 별로 불편한 것도 없고 해서 그냥 살았어. 그러다가 어느 날 돌아와야겠다는 생각이 들었고, 정식으로 이혼수속을 하지 않았다는 생각이 난 거야. 굳이 안 해도 상관은 없었지만, 돌아오면 시에나를 만날 것 같아서."

"시에나를 만나기 전에, 정식으로 이혼을 해야 한다는 생각이 들었던 거예요?"

"꼭 그렇게 생각한 건 아니지만, 어떤 식으로든 어딘가에 내가 묶여 있는 것 같아서, 그게 마음에 걸렸어. 그래서 그 여자를 찾으러 다니기 시작했는데, 삼 년이 걸렸지."

"……찾았어요?"

"응."

"어땠어요?"

"별로. 가져간 이혼서류에 사인을 받고, 그대로 헤어졌어. 그런 일을 한 번 겪고 나니까, 어른이란 건 꽤 불편하구나, 싶어졌지."

니나가 할 말을 생각하고 있을 때 발자국 소리가 들리고, 어둠 속에서 비오가 모습을 드러낸다. 비오는 물고기 모양의 키홀더에 매달린 열쇠를 흔들어 보인다.

"시에나가, 트레킹을 하러 떠나면서 프런트데스크에 열쇠를 맡겼대. 누가 찾아오면 줘도 괜찮다고 하면서."

니나가 자리에서 벌떡 일어선다.

"시에나가? 이곳에 있어? 메모는? 메모 같은 건 없어?"

"없어."

"언제 갔는데? 언제 오는데?"

"나흘쯤 됐대. 어떤 코스로 갔는지는 모르고…… 언제 온다는 말도 없었대."

니나는 실망한 표정으로 비오에게서 열쇠를 건네받는다.

"여기서 기다리면, 돌아올 거야."

비오의 말에, 니나는 고개를 끄덕인다.

폐와 호수 위로 달빛이 흘러넘친다. 대니는 레스토랑에서 가져온 와인을 들고 방으로 들어갔고, 니나는 시에나의 열쇠를 가지고 그녀의 방으로 갔다. 비오는 혼자 벤치에 앉아 있다. 그의 옆자리에는 바이올린 케이스가 놓여 있다. 열쇠는 비오의 이름으로 맡겨져 있었다. 그리고 역시 비오 앞으로, 작은 봉투 하나가 남겨져 있었다. 비오는 호텔의 로고가 찍혀 있는 봉투를 가만히 열고, 안에 든 종이 한 장을 꺼낸다. 아주 낡은, 그러나 접힌 자국 하나 없이 반듯한 종이다. 기다렸다는 듯이 구름에 살짝 가렸던 달빛이, 종이 위를 환하게 비춘다.

〈나의 투쟁은, 그리움에 몸을 바치며, 나날을 헤어나는 것. - 릴케〉

종이가 조금씩 흔들린다. 바람인가, 하다가 비오는 자신의 손이 떨리고 있는 것을 발견한다.

"누구 글씨인지, 알아볼 수 있겠니?"

아무렇게나 묶은 머리카락에 모자를 쓰고, 등산화를 신고, 배낭을 멘 시에나가, 그의 앞에 서 있다.

"언제, 내려왔어요?"

"아까. 오후에. 호텔로 바로 들어오고 싶지 않아서, 좀 돌아다녔어."

시에나는 배낭을 내려놓고, 비오는 시에나가 앉을 수 있도록 바이올린 케이스를 들어 무릎 위에 놓는다.

"기억이 났군요."

"그래. 전부 다."

두 사람 사이에 침묵처럼 달빛이 고요히 흐른다.

"이곳에 와서요?"

"아니. 떠나오기 전부터."

시에나는 비오가 들고 있는 종이를 가만히 응시한다.

"알겠어?"

"……필체 정도는 알아요. 편지 같은 건 받아본 적이 없지만."

비오의 말에, 시에나는 살짝 미소를 짓는다.

"나도 그래. 나한테 남긴 게 아니야. 언젠가, 어딘가에서 떨어뜨린 걸 내가 주워둔 거지."

"선생님, 아니 시에나가 갖고 있었으면 해서, 일부러 떨어뜨린 건 아니었을까요?"

"비오."

시에나는 정색을 하고, 비오를 바라본다.

"그렇게 생각하면 곤란해. 그 사람, 그러니까 너희 아버지와 난, 마주 앉아 제대로 얘기 한 번 해본 적이 없는걸."

"하지만……."

"누군가에게 소개를 받았고, 몇 번인가 같은 자리에 있었고, 한두 마디 주고받은 것이 전부야. 더 이상 아무것도 할 수 없었고, 해서도 안 된다는 걸 그 분도 나도 잘 알고 있었어. 그 사실을 서로 알고 있다는 것까지. 언제까지나 그렇게 살 수 없다는 것도. 난 살기 위해서 도망친 거고, 이렇게 살아남았어. 영원히 끝나지 않을 줄 알았는데…… 이렇게 끝이 가까워지고 있어."

비오는 시에나가 자신을 위해 거짓말을 하고 있는지도 모르겠다고 생각하지만, 만약 그렇다고 해도 자신은 그 이야기를 믿어야 한다고, 그럴 수밖에 없다고 마음을 먹는다.

"그리고 분명히 말하지만, 아버지는 자살 같은 걸 하신 게 아니야."

"……얘기 한 번 해본 적이 없다면서, 어떻게 확신해요?"

비오의 말에 시에나는 깊은 한숨을 내쉬고, 비오의 손을 꼭 잡는다.

"딱 한 번, 전화를 하신 적이 있어. 그날 밤이야. 나한테 전화를 해서, 그러셨어. 너를 사랑한다고. 나는 비오를 사랑합니다, 라고."

"……그래서요?"

"그래요, 알고 있어요, 하고 내가 대답했어. 잠깐 침묵이 있었고, 레슨은 그만하겠습니다, 내일 다른 선생님에게 연락을 할 겁니다, 그렇게 말씀하셨어. 비오, 내 말 알겠어? 분명히 내일, 다른 선생님에게 연락을 할 거라고 그러셨어. 아버지는 정말 그러실 작정이었어. 그날, 사고가 일어나지 않았다면, 그 다음날……."

시에나는 몹시 힘든 듯, 말을 맺지 못하고 눈을 감는다. 두 사람 사이에 침묵이 가라앉았다가 서서히 사라진다. 비오는 벌떡 일어나서, 바이올린 케이스를 열어, 바이올린을 꺼낸다.

"시에나를 미워하는 거, 아니에요."

"알아……."

"아버지가 미웠던 것 같아요, 난. 하지만…… 시에나라서 다행이에요."

비오는 바이올린을 시에나에게 내민다. 감았던 눈을 뜨고, 시에나가 바이올린을 받는다. 그녀의 눈가에 맺혀 있던 눈물이 달빛을 받아 반짝인다.

"얘기, 계속해줄 수 있어요?"

"……그렇게 말씀하시고, 한동안 침묵이 흘렀어. 처음에는 전화가 끊어진 거라고 생각했는데, 수화기 저편에서 바이올린 소리가 들려왔어."

"어떤 곡이었어요?"

비오의 말에, 시에나는 대답 없이 바이올린을 가만히 쓰다듬는다.

"딱 한 곡만…… 아버지를 위해서, 연주해줄 수 있겠죠? 마지막으로."

1919년에 태어나 1949년, 파리에서 미국으로 가던 도중 비행기 사고로 세상을 떠난 지네트 느뵈의 첫 번째 레코딩에는, 1810년에 태어나 1849년에 죽은 프레데리크 쇼팽의 곡이 단 하나 담겨 있다. 녹턴 20번, C# 단조가, 비오의 바이올린에서, 시에나의 손끝에서, 천천히 흘러나오기 시작한다.

쇼팽의 녹턴이 달빛에 물든 밤의 공기를 타고 흘러, 시에나의 방에서 혼자 잠들어 있던 니나의 귀에 닿는다.

'시에나…… 시에나의 바이올린이다…….'

그녀의 바이올린을 한 번도 들어본 적이 없는데도, 니나는 그것이 시에나의 연주라는 것을 알아차린다. 니나는 침대에 그대로 누운 채로, 귀를 기울인다.

'사과꽃 향기가 나는 것 같아.'

니나가 처음 시에나의 집에 들어섰을 때, 어디선가 풍겨 나오던 그 희미한 향기를 니나는 기억한다. 포도 향기 같기도 하고 레몬 향기 같기도 한, 또는 한 번도 맡아본 적 없었던 사과꽃의 향기가 아닐까 생각했던 그 향기가, 지금 밤의 폐와 호수 주위로 은은하게 퍼져 나가고 있다. 그리고 그 향기는, 마치 처음부터 이 세상의 것이 아니었던 것처럼, 어느 순간 자취도 없이 사라진다.

'시에나의 피아노에서도 그런 향기가 났어.'

니나는 어쩐지 몹시 슬퍼진다. 이제, 다시는, 영원히 돌아오지 않을 어떤 시간이 지금 막 지나가고 있다는 것을, 그녀는 느낀다. 바이올린 소리가 가만히 그치고, 이제부터 영원히 계속될 것 같은 침묵이 찾아온다. 어쩐지 그 침묵을 깨뜨리면 안 될 것 같아, 니나는 다시 눈을 감는다. 그때, 먼 호수로부터 울리는 둔탁한 소리가 정적을 깬다. 무언가 무거운 것이 풍덩, 하고 호수 속으로 빠지는 소리. 가슴이 철렁 내려앉은 니나는, 자리에서 벌떡 일어나 문을 열고 밖으로 나간다. 어느새 다시 찾아온 침묵, 눈이 부실 만큼 밝은 달빛, 바이올린 소리가 사라진 호숫가는 너무 고요하여 찰랑찰랑, 호수 위에서 물결이 흔들리는 소리까지 들린다.

니나는 떨리는 심장을 한 손으로 누른 채, 달빛 속을 두리번거리며 시에나를, 바이올린을, 누군가를 찾는다.

"니나."

어둠 속에서, 비오가 한 걸음 앞으로 걸어 나온다.

"비오……."

"아직 잠들지 않고 있었어?"

비오의 평온한 목소리가 니나를 안심시킨다.

"누가…… 여기 누가 있지 않았어? 바이올린 소리가……."

"그래. 돌아왔어, 시에나가."

"역시…… 그건 시에나의 바이올린이었구나. 그런데……."

니나는 불안한 눈빛으로 비오를 바라본다.

"풍덩, 하고 무엇인가 호수 속으로 빠지는 소리가……."

비오는 잠자코 고개를 끄덕인다.

"시에나의 마지막 연주였으니까. 정말로 이별한 거야, 이제."

"비오, 설마……."

비오는 겁에 질린 니나의 커다란 눈동자를 바라보다가 웃음을 터뜨린다.

"무슨 생각을 하는 거야? 호수 속으로 가라앉은 건 바이올린이야. 시에나가 그래도 괜찮으냐고 물었고, 내가 괜찮다고 그랬어. 그렇게 하지 않으면 영원히 끝나지 않을 것 같아서."

온몸에 힘이 빠진 채, 니나는 벤치에 털썩 주저앉는다.

"그래서 바이올린은 호수 속에 가라앉은 거야?"

비오는 고개를 끄덕인다.

"다 알고 있었구나, 시에나는."

니나는 그렇게 말하고, 어디쯤엔가 바이올린을 품고 있을, 달빛이 출렁이는 호수를 본다.

"저기…… 너희 아버지…… 이것으로 된 걸까?"

"잘은 모르지만, 그럴 거라고 생각해."

"쇼팽……이었지?"

"그래."

귀를 기울이면, 호수로부터 떨리는 바이올린 소리가 들려올 것 같아서, 니나는 숨을 멈추고 눈을 감는다. 그러나 들리는 것은 호수의 물결이 호숫가의 바위에 부딪치는 소리뿐이다.

"비오, 시에나와 무슨 이야기를 했어?"

"별로. 그냥 이것저것."

니나는 고개를 끄덕이고, 다시 묻는다.

"대니 아저씨한테 간 거야? 시에나는?"

"응."

"두 사람, 이제 어떻게 될까?"

니나의 말에, 비오는 잠깐 생각하고 대답한다.

"아주 클래식한 연인이 될 거야, 두 사람은."

"아주 클래식한 연인?"

"손을 잡고, 같은 곳을 보고, 서로 의지하고, 슬플 때는 노래를 불러주고, 마음껏 울 수 있도록 가슴을 빌려주고, 가끔 오해를 하기도 하고, 그러다가 오해가 풀리면 활짝 웃으면서 꼭 껴안아주고, 같이 나이 들어가고, 누군가 따라오지 못하면 기다려주고, 마음 졸이지 않고, 지나치게 드라마틱하지 않고, 일 초는 일 초의 무게로, 한 시간은 한 시간의 무게로 흘러가고, 같은 음악을 듣고, 같은 책을 보고, 서로의 다른 생각에 귀를 기울이고, 너무 많이 기대하지 않고, 원망하거나 불신하지 않고, 함께 변해가고, 가끔 다른 길을 걸어가지만 다시 만나는…… 모든 것에 대해 솔직한, 모든 것에 대해 진심인…… 그런 연인."

응, 응, 하고 고개를 끄덕이던 니나가, 망설이듯 입을 연다.

"저기, 언젠가 시에나가, 그런 말을 한 적이 있어. 인생을 처음부터 다시 살 수 있다면, 가장 먼저 좋아하게 된 사람과 죽을 때까지 함께 있을 수 있는, 그런 사랑을 하고 싶다고."

"결국 그렇게 된 거 아닐까."

"그리고 또 그런 이야기도 했어. 모든 종결 악장에는 반드시 새 악장의 도입부가 포함되어 있는 거라고. 갑자기, 그 이야기가 생각이 나. 그런데……."

니나는 문득 다른 생각이 난 듯, 잠시 말을 멈춘다.

"그런데?"

"비오, 우리는 어떻게 될까?"

"글쎄, 모르지. 어쨌든 우린 아직 열일곱이니까."

"곧 열여덟이 되는데, 열일곱이 어떤 나이인지 아직 잘 모르겠어."

비오는 고개를 끄덕이고, 니나의 눈을 바라보며 묻는다.

"너한테는 어땠어? 대체로 좋았다거나, 대체로 힘들었다거나."

니나는 기억을 더듬어본다. 시에나의 집에 처음 들어섰을 때 풍겨 나오던 사과꽃 향기, 조금 건조하고 조금 피로한 듯한 제이의 목소리, 대니 아저씨의 토마토가 니나의 열일곱 안에 있었다. 가끔 힘들었지만 좋은 일도 많았다. 그리고…….

"니나, 너를 만나서 좋았어."

비오의 크고 따뜻한 손이 니나의 손을 가만히 잡는다.

'열일곱은 첫 키스를 하기에 좋은 나이인 것 같아.'

니나는 그렇게 생각하며 눈을 감는다. 차가운 비오의 입술이 니나의 입술 위에 살며시 닿는다. 달빛이 반짝이는 폐와 호수 깊은 곳으로부터 투명한 종소리가 흘러나오기 시작한다. 물방울들이 서로 부딪치는 듯한, 혹은 투명한 공기가 서로 공명하는 듯한, 조금 조심스럽고 조금 수줍은 듯한 종소리가 천천히 바람 속으로 흩어진다. 두렵지만 괜찮아, 니나의 귓가에 종소리들이 속삭인다.

무엇인가가 끝나고 무엇인가가 시작된다. 아주 오래된 이야기, 그러나 단 한 번도 되풀이되지 않았던 이야기가.

에.필.로.그.

　사랑 때문에 아파하는 한 여자와 사랑이 두려운 한 여자가 이 책의 마무리 작업에 몰두하고 있을 때, 아직도 사랑이 뭔지 모르겠는 나는 불현듯, 훌쩍, 성급하게, 혼자 베를린으로 여행을 떠났다. 왜 하필 베를린이냐고 사람들이 물었지만, 나 자신도 그 이유를 알 수 없어 대답할 수가 없었다. 그저 막연히, 여행이 끝나고 나면 여행의 이유도 알게 되지 않을까, 싶었다.
　베를린에서 나는 기대하지 않았던 즐거움, 예기치 않았던 놀라움과 조우했고 여전히 이유를 알 수 없는 서늘한 외로움과 서러움에 부딪치기도 했다. 시간은 무의식의 속도로 흘러갔다. 미친 듯이 빠르게, 또는 믿을 수 없을 만큼 느리게. 일 초라는 시간이 천 년의 무게로 느껴질 때, 나는 종종 시에나를 생각했다. 니나와 대니와 제이를 떠나 베를린으로 온 그녀는, 이곳에서 무엇을 했을까? 어디를 가고 누구를 만나고 어떤 이야기를 하며 무슨 생각을 했을까? 그녀는 결국 자신의 삶에서 일어난 일들의 이유를 찾았던 걸까? 혹은 이유 같은 건 이제 상관없으니까, 어찌 되었거나 흘러가자고 생각했을까?

4월의 마지막 주 화요일 오후 한 시, 베를린 필하모닉 콘서트홀에서 런치 콘서트가 열렸고, 천여 명의 사람들이 로비를 가득 메웠다. 클라리넷 주자가 현악 4중주단과 함께 무대에 올랐고, 잠시 후 조용하고 무겁고 냉정하고 느긋하고 아름다운 브람스가 흐르기 시작했다. 나의 영혼은 바이올린의 현처럼 팽팽하게 당겨졌고 나의 의식은 중력을 초월하여 허공을 부유했다. 나는 공중에 날아다니는 가장 미세한 음표 하나까지 모두 볼 수 있었고, 들리는 소리와 들리지 않은 소리를 모두 들을 수 있었다. 1833년에 태어나 1897년에 세상을 떠난 브람스의 그 오래된 호흡이, 내 온몸의 세포에 새겨졌다. 그녀의 존재를 느낀 것은 그때였다. 그 공간 어딘가에 시에나가 있었다. 19세기의 독일과 21세기의 서울 사이에, 나의 이드와 에고와 슈퍼에고 사이에, 또는 영원히 만날 수 없는 누군가와 나의 깊고 허망한 시간 사이에.

  우리의 삶이 이토록 복잡하고 번민으로 가득 차 있으며 동시에 공허한 것은, 삶이 우리를 어디로 데려가는지, 왜 데려가는지 우리가 모르기 때문이다. 삶은 우리에게, 삶에서 일어나는 일들의 이유를, 그것의 목적을, 그것이 이끌고 올 결과를 미리 이야기해주지 않는다. 그건 그냥 흘러간다. 아주 오랜 시간이 지나서 아아, 그건 그래서 그런 거였어, 깨닫기도 하겠지만, 생의 마지막 순간에서라도 내 삶의 이유를 알게 된다면 정말 행복하겠지만, 그렇다고 나의 과거가 바뀌지는 않는다. 그리하여 우리는 여기서 이렇게 살아간다. 분주하고 고요하게, 즐겁고 외롭게, 격정적으로 또는 냉정하게. 열일곱 살에도 그러했고, 어쩌면 일흔 살에도 그러할 것이다. 어쩌면 영원히 나는 여행 중일지도 모른다. 이 세계에서든 혹은 또 다른 세계에서든.

황경신

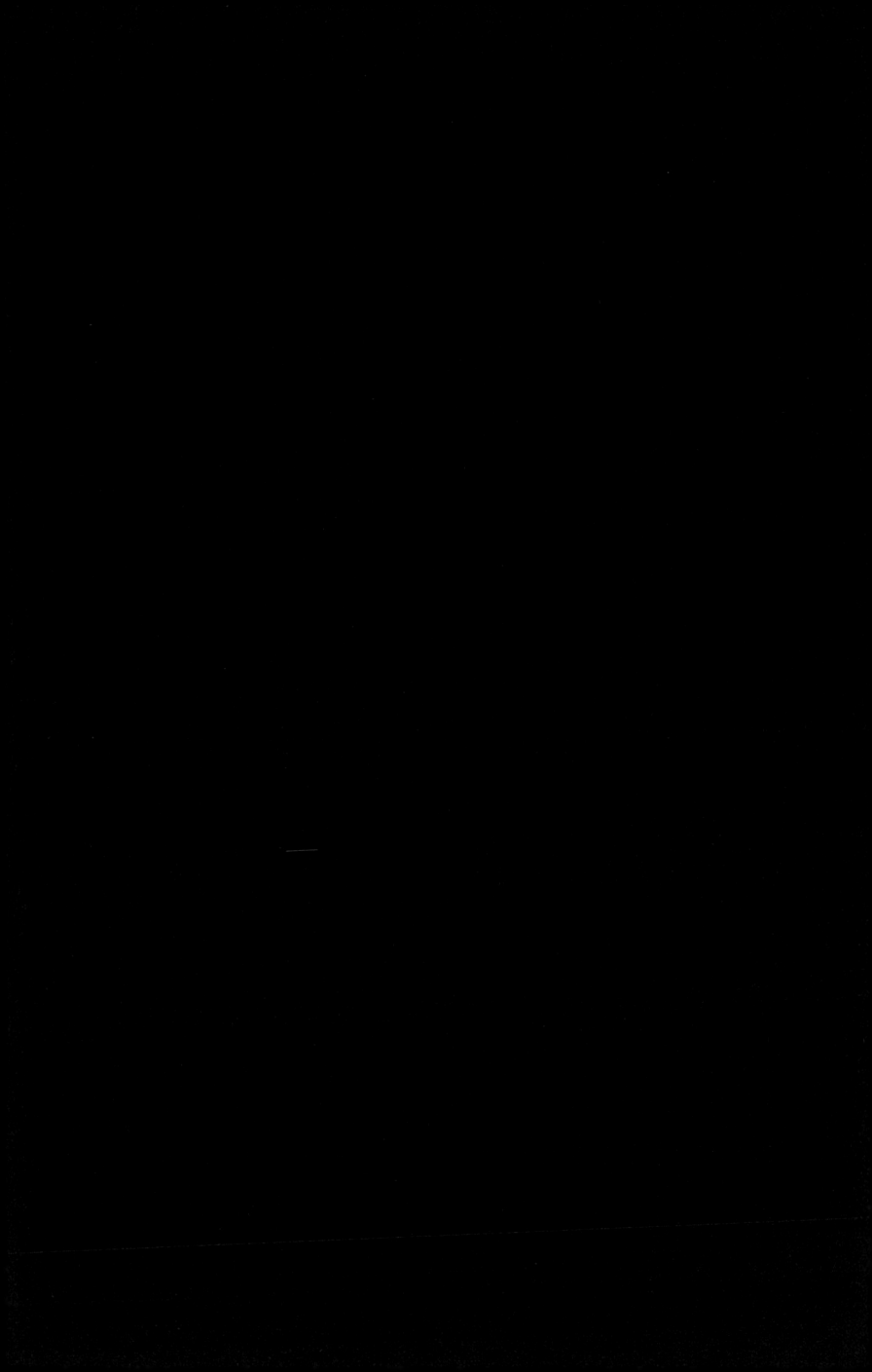

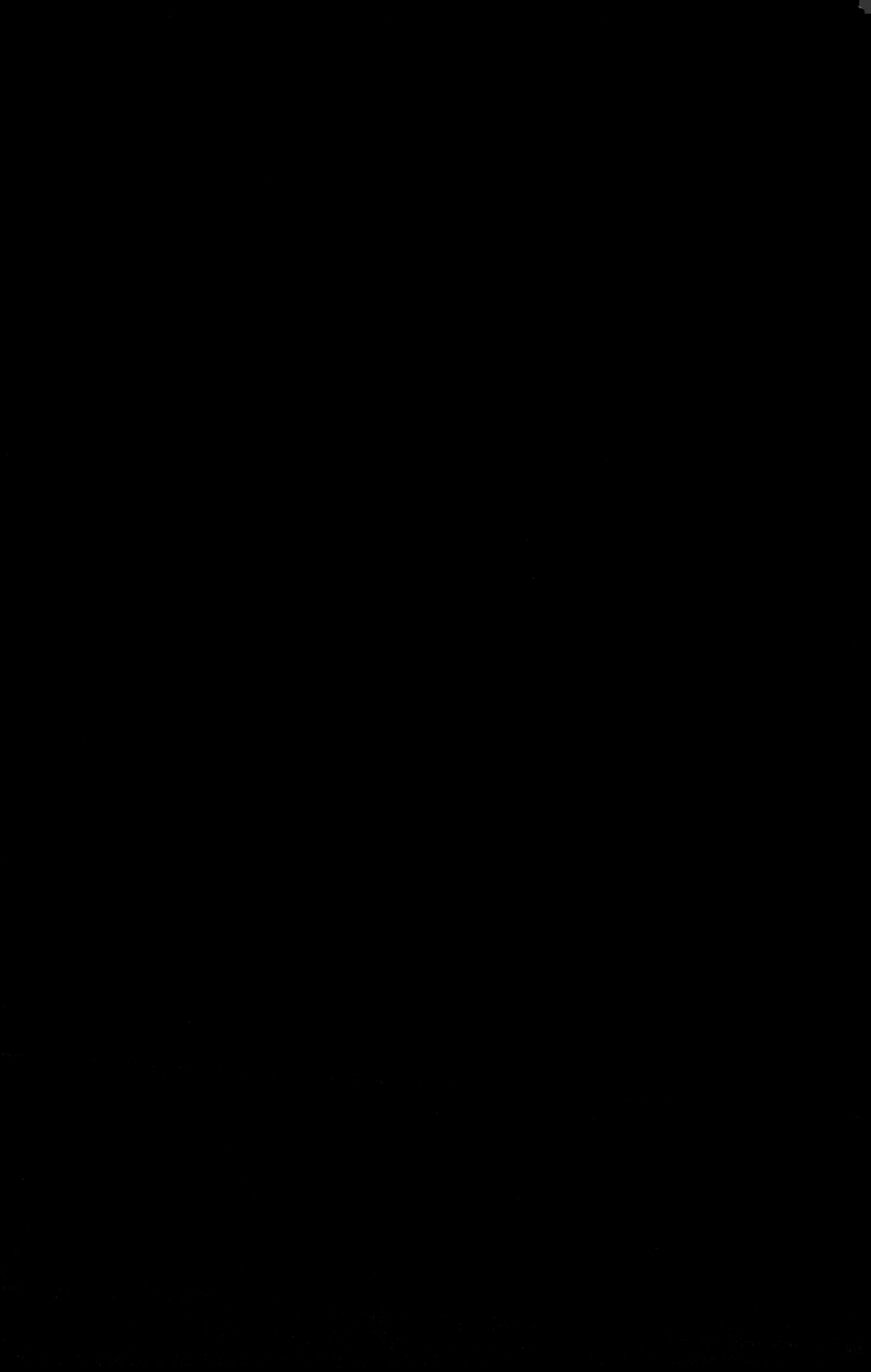

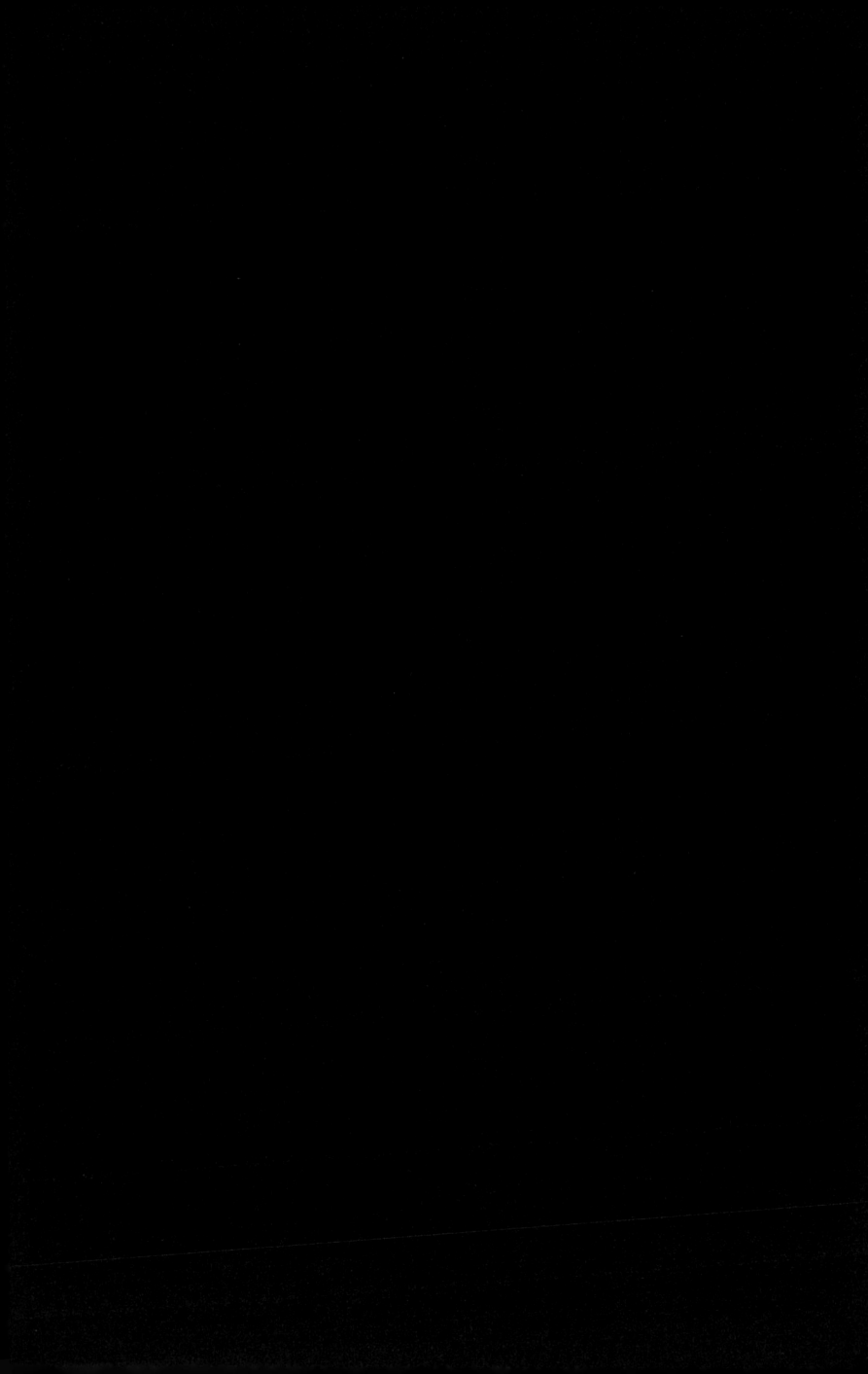